双葉文庫

川あかり

葉室麟

川あかり

一

伊東七十郎《しちじゅうろう》は、川面が見渡せる土手へ上った。道はぬかるんで、何度も転びそうになった。

昨日までの大雨はやや小降りになったものの、厚い雲が巨勢川《こせがわ》の上空に重くのしかかっていた。雨水が流れ落ちたせいで、土手のところどころが崩れかけている。

巨勢川は鹿伏山《かぶせやま》から南へ流れ、川幅が五町（約五百四十五メートル）、流れが急で、橋がかけられなかった。川越人足《かわごしにんそく》に渡してもらうしかない川だ。

塗笠をかぶり、木綿の単衣《ひとえ》に野袴をつけ草鞋履《わらじば》きという旅姿の七十郎は、土手から川面を見つめて息を呑んだ。赤土色をした川面は流れが渦を巻き、木まで流れていた。上流では山崩れが起きていると途中で聞いていた。

「これでは川止めだろう。渡れそうもないな」

七十郎は困惑してつぶやいた。まだ十八歳である。色白で涼やかな目もとをした顔も童顔だから、元服前の少年のように見える。

あたりを見まわして、誰かに訊いてみようと思った。ひとりの男が土手を歩いて来る。総髪で、相撲取りのようにでっぷりと太っている。六尺褌《ろくしゃくふんどし》だけの裸同然の姿でぼろぼろの半纏《はんてん》をひっかけ、素足は泥だらけだ。

日に焼けた肌は濡れ光り、眉は太くて目がぎょろりとしている。髭を生やし、達磨《だるま》のような顔だ。川越人足なのだろうと思って、

「川止めはいつごろ解けるでしょうか」

と声をかけたが、呼び止められた男はじろじろと七十郎を見て、近づいてきた。

「わしは、これでも武士だが。お主、それを承知で川止めがいつ解けるのか、と訊くのだな」

底響きのする声だった。七十郎はあわてて頭を振った。とんでもない男にひっかかったようだ。振った拍子に塗笠から飛沫《しぶき》が顔にかかった。

「お気に障りましたら申し訳ございません。このあたりの方と思い、お訊きした

だけでございます」

「お主、上野《あがの》藩の侍か」

男はうなるような声で訊いた。このあたりは上野藩六万石の領内だ。

「いえ、隣国の綾瀬家に仕える伊東七十郎と申します」

「ふむ、わしは佐々《さっさ》豪《ごう》右衛《え》門《もん》と申す牢人だ」

「さようでございましたか。失礼をいたしました」

豪右衛門は、ぬっと顔を近づけ、

「わかればよい。それに川止めが解けるかどうかも川を見ればわかる」

と言うと、

「どうだ、とても川明けどころではあるまい」

川面をあごでさした。川明けとは川止めが解けることだ。

「そのようです」

七十郎は仕方なく答えた。ふたりとも雨に濡れていた。体が冷えているのに、妙に熱っぽいのは、蒸し暑さのせいだろうか。

鉛色の空の下、濁流が流れる様子は大蛇がのたくる様に似ていた。対岸は雨で霞み、灰色の起伏が連なっているだけだ。遠くに見える鹿伏山も不吉な黒い影となっている。

七十郎は思わず身震いした。

「どうした。大水が溢れる川が、恐ろしいのか」

豪右衛門が嗤《わら》った。七十郎はあわてて首を振った。

「なんでもございません。ただ、これでは当分、川止めは解けないと思いまして」

「巨勢川は水の深さが二尺五寸（約七十六センチ）、これを二尺（約六十センチ）越えれば川止めにいたして、旅の者を渡さぬのは御定法《ごじょうほう》だ。これで何が困るか、わかるか」

「川を渡れぬことでございましょう」

「当たり前のことを申すな。困るのは、路銀だ」

豪右衛門の声には、恐怖に似たものがあった。

「お金ですか」

「雨の中では、野宿もできぬから近くの木賃宿に泊まらねばならぬ。川止めが長引けば宿賃だけでも大変だ。うっかりすると川明けになっても、川越人足に払う金もないということになる。そのまま金がなくて食えなくなれば、野たれ死にだ」

「なるほど、恐ろしいものですね」

七十郎がうなずくと、豪右衛門はまた、雨に濡れた顔をぐっと近づけてきた。汗と垢の臭いが雨に混じって漂った。

「わしなどはな、宿賃を稼ぐために、最前まであそこで土俵《どひょう》を積んでおった」

豪右衛門は川が蛇行しているあたりを指差した。そこには蓑を着て笠をかぶった百姓らしい男たちが数人いて、土手が決壊しないよう土俵を積み重ねていた。

七十郎が見ている間に、土俵を積み終えたようだ。

「手伝えば銭になるということで、朝から泥まみれで働いておったのだ。それほど川止めは大変だということだ」

鼻がぶつかるのではないかと思うほど顔を近づけられて、七十郎はあごを引いてうなずいた。

「ところで、お主は路銀の方は大丈夫か」

「はい、十分だと存じますが」

「ならば、宿はわしが案内してやろう」

「……」

「ついてこい。さもなくば、とんでもない宿代をふっかけられることになるぞ」

豪右衛門は脅すように言うと、七十郎をうながして小走りになった。七十郎は戸惑ったが、考える間もなく豪右衛門の後をついて走った。

豪右衛門が連れていった宿は、歩いて程ないところにあった。粗末な藁葺二階建ての木賃宿だ。

汐井宿《しおいじゅく》は東西に細長く、中央に問屋場《といやば》があり、旅籠《はたご》や商店、駕籠屋などが続いている。その木賃宿は東のはずれにあって、巨勢川の渡し場に近いが、宿の裏は水路になっており、川が氾濫すると、このあたりまで水につかりかねない。

宿の戸口には大きな甕《かめ》が据えてあった。雨水があふれるほどたまっていて、しかも濁っている。土壁はぼろぼろに崩れ、あちこちに穴があき、軒は傾いていた。敷居を越えて中に雨水が流れ込んでいたが、敷き詰めた藁で辛うじて防いでいるようだ。

（なるほど、これなら法外な宿代をふっかけられることはないだろうな）

七十郎は少しほっとした。宿に入ると、土間があって上がり框《かまち》から板敷になっているのが見えた。三方を土間に囲まれた板敷の四隅に黒ずんだ太い柱があって、その傍らに、二階へ上る階段がある。

土間は薄暗く、格子窓のあたりが申し訳程度にぼんやりと明るい。竈《かまど》がふたつあったが、どちらも火は落とされている。薪の代金を払い、持ち込んだ食材を泊り客自身が煮炊きして食事をするのが木賃宿だが、そろそろ夕飯時なのに誰も竈を使っていない。

囲炉裏を切った板敷に百姓や町人らしい男女が七、八人いた。若い者はいない。日に焼け、疲れた顔をした中年の泊まり客ばかりだ。

藁や薄汚れた布団が端の方に積まれていた。夜になると、それを思い思いに板敷に敷いて寝るようだった。

豪右衛門は、土間で縄をなっていた五十過ぎくらいのがっしりした体つきの男に、

「親父、上客を連れてきてやったぞ。わしと同じ二階でよかろう」

と大声で呼びかけた。男は面倒臭そうに七十郎を見たが、黙って首を縦に振った。どうやら宿泊客として認められたようだ。豪右衛門は、どんと七十郎の背中を叩いて二階へとうながした。

七十郎が板敷に上がり、豪右衛門に背を押されて階段を上ろうとした時、階段

下にうずくまっていた六歳ぐらいの男の子と目が合った。

絣《かすり》の着物を着て、裾から出た足に乾いた泥がこびりついている。そばには薄い布団にくるまって白髪頭の男が寝ており、瘦せた手が布団のはじをつかんでいた。

「どうした五郎坊《ごろうぼう》、姉ちゃんはまだ戻らないのか」

豪右衛門が風体に似合わずやさしく声をかけた。五郎と呼ばれた男の子がうなずくと、

「飯を食っておらんのだろう」

豪右衛門はごそごそと六尺褌をまさぐっていたが、ふと七十郎を見ると、にやりと笑った。

「伊東殿、この坊主にあいさつ代わりに二十文ほどやってはどうかな」

「なぜ、わたしが金をやるのですか」

七十郎は目を瞠《みは》った。

「これから、同じ屋根の下で過ごすのだ。袖振り合うも多生の縁というではないか。五郎坊の祖父《じい》さんは病でな、宿賃だけでなく薬代《やくだい》にも困っておる。姉がおるのだが、わしと同様、手間賃稼ぎで土俵積みに出ておるはずだ。姉が戻るまで五

郎坊は飯も食えんのだぞ」

「それは気の毒とは存じますが」

七十郎は男の子と目を合わせないようにした。すると豪右衛門は顔を寄せてきて、耳元でささやいた。

「この坊主の姉は十六になるが、なかなかの別嬪《べっぴん》だ。助けてやればよいことがあるかもしれんぞ」

七十郎は憤然とした。

「何ということを――」

そのまま階段を上ろうとしたが、そこで男の子と目が合ってしまった。豪右衛門の話を聞いて、七十郎から銭をもらえるかもしれないと、期待している目だった。

七十郎は、五郎を見捨てて階段を上れなくなった。ためらいがちに懐から財布を出すと、きっちり二十文数えてから五郎に渡した。

「これからよろしく頼みます」

と七十郎が言うと、五郎はにこりと笑って頭を下げ、銭を握りしめた。

豪右衛門が七十郎の肩に手を置いた。

「姉ちゃんによろしく言っておいてくれ。親切な若いお侍が来たとな。お返しに手でも握らせてくれればよいのだがな」

「何を言われますか。わたしは、そのようなことは決して望んでおりませんぞ」

七十郎が顔を赤くして抗議するのに、豪右衛門はそうかそうか、と言いながら階段をぎしぎし音を立てて上っていった。

七十郎も続いて階段を上ると、天井の低い二階の間には四人の泊まり客がいた。埃とひとの臭いが入り混じっている。

客のひとりは墨染の衣を着た五十ぐらいの坊さんで、白木の位牌を前に置いて、ぶつぶつと経を唱えている。色黒で痩せていて、どこか牛蒡《ごぼう》を思わせた。豪右衛門はうんざりしたように言った。

「徳元《とくげん》、この雨の中、そう毎日経をあげられては陰気臭くてかなわんぞ」

坊主は徳元という名らしい。豪右衛門から嫌みを言われても読経をやめる気配はなく、却って声を張り上げた。

「こいつは、女房子供を亡くし、世をはかなんで頭を剃ったにわか坊主でな。ひとつ覚えの経を一日中、唱えておるのだ」

豪右衛門は嘲《あざけ》るように言いながら、徳元の傍らを指差した。そこにも薄汚れた布団が積まれている。

「お主の寝場所はそのあたりだな。朝は徳元の勤行《ごんぎょう》で起こされることになるが、あきらめることだ」

七十郎は、そんなことよりも布団の上に猿がちょこんと座っていることに気を取られていた。猿は七十郎を見ても動ずることなく、尻をかいて、きっきっ、と鳴いた。

七十郎が驚いているのを見て、豪右衛門が言った。

「ああ、そいつは弥之助《やのすけ》の飼っておる猿だ。うっかりしておると食い物を盗っていくからな。気をつけろ」

「豪右衛門さん、ひと聞きの悪いことを言っちゃ困りますよ。うちの弥太郎《やたろう》は、ひと様の物を盗ったりはいたしません」

窓際にいる三十ぐらいの小太りの男が反論した。町人髷《ちょうにんまげ》で赤い袖無し羽織に伊賀袴をはいている。弥之助という名の旅廻りの猿廻しらしい。

「どうだかな。この間、わしが後で食おうと楽しみにしていた握り飯が、いつの間にかなくなっておったぞ。あれはお前の猿の仕業じゃないのか」

豪右衛門は疑《うたぐ》るような口調で言った。

「豪右衛門さんは、いつもそう言って騒がれますが。夜中に寝ぼけてご自分で食べておられるんですよ。そのことは皆知っております」

弥之助は平気な顔で言って、

——弥太郎

と声をかけた。猿はパッと弥之助の肩に飛び乗った。

弥之助は猿を胸に抱えると、窓から空を眺めてつぶやいた。

「それにしても雨は止みませんな。旅廻りの芸人にとって、雨はその日の稼ぎがなくなるだけに恨めしゅうございます」

猿も主人の気持がわかるのか、不安げに空を見上げた。雨脚はまた強くなった。ざあざあと雨音が響く。白い靄に包まれたように見通しも利かない。

豪右衛門は、自分で食べたのだろうと言われてむっとしたのか、布団の傍らに腰を下ろして、

「後は、あのふたりだけだ」

とおざなりに指差した。部屋の真ん中で向かい合って座っている男女がいた。

七十郎は二階に上がってきた時から気になっていた。

女は二十二、三歳ぐらいで縞《しま》の着物に黒繻子《くろじゅす》の帯を締めている。髷に小粒の珊

瑚の簪《かんざし》を挿していた。黒々とした濡れ羽色の髪に赤い珊瑚がよく似合っている。

傍らに編笠と三味線を置いているところを見ると、門付けの鳥追いなのだろうか。色っぽい姿が男の目を引きつけずにはおかない女だ。

女の前にいるのは筒袖縞木綿の単衣を着た、月代《さかやき》を剃り上げずにのばしていて、目の鋭い、やくざ者の風体の若い男だ。使い古して塗りが剝げかけた赤鞘《あかざや》の長脇差が布団の山に立てかけてある。

ふたりは茶碗を伏せて睨み合っていた。骰子《さいころ》を使った丁半博打をしている。男が茶碗をさっと上げて、骰子の目を読んだ。にやりと笑う。

「ピンゾロの丁だぜ、姐《あね》さん」

女はふん、という顔をして手もとの銭を男の方に押しやった。それから自分で茶碗を取り、骰子を二つ中に入れると、くるくると回してから伏せた。

「半――」

すかさず男が言った。女は無表情に茶碗を開けた。五と二が出て、半の目だった。

「悪いな」

男は言いながら女の銭に手をのばした。

「続けて骰子を振ってもいいかい」

女が言うと、男は、

「いいぜ」

と答えた。女は音を立てて骰子を茶碗の中に入れ、あざやかな手つきで伏せた。

その時、すっと膝を立てた。赤い蹴出《けだ》しがのぞき、白い内腿がちらりと見えた。

「姐さん――」

男がごくりと生唾を飲んだ。女は平気な顔で、

「さあ、どっちだい。丁か半か」

と声を響かせた。男は自信なげに、

――半
と言った。茶碗が開けられ、二と四の目がのぞいた。

「ずるいぜ、姐さん」

女がさっさと銭を自分の方に引き寄せると、男が頭を抱えた。

「それをやられたら、もう勝てねえや」

「へえ、そうかい」

女はにこりと笑うと、七十郎の方に振り向いた。

のだ。

「そこの若いお侍さんもやってみるかい」

七十郎はどきりとした。女が立て膝をした時、思わず目が吸い寄せられていた
「いや、拙者は博打はいたしません」

七十郎が赤くなって言うと、女は笑った。

「拙者だってさ。うぶなお侍さんだねえ」

「お若《わか》、からかうんじゃねえ。このひとは、きょうから相宿だ。ちゃんと金を持った客が来てくれて、宿の主人もほっとしておるだろう」

豪右衛門が笑いながら言った。まわりの者が七十郎を見た。その視線が懐に集まったような気がして、七十郎は思わず着物の上から財布を押さえた。

「この女は鳥追いのお若、遊び人は千吉《せんきち》だ。こちらは伊東七十郎と申されるれっきとした綾瀬藩の侍だ」

そこまで言って、豪右衛門は天井を見上げた。

「おい、婆さん。新しい客を連れてきてやったぞ」

と大声を出した。七十郎には豪右衛門が何をしているのか、わからなかった。

豪右衛門は、

「婆あめ、また寝ておるな」

と小声で言い、部屋の隅に行くと、そこに転がっていた三尺ほどの棒を取った。その棒で天井をどん、どん、と突いた。すると屋根裏で何かが動く気配がした。引きずるような、かすかな音がする。

（蛇でもいるんじゃないのか）

七十郎は気味が悪くなった。

不意に声がした。

「豪右衛門、なんだ」

声がした方を見ると、屋根裏に通じる梯子段があり、下り口《お》のところから顔が突き出ている。真っ白いざんばら髪で頬骨が張り、あごが尖って、ぎょろ目の、鬼女を思わせる老婆だった。

「なんだではないぞ。五郎坊に銭が二十文入った。朝から何も食っておらん様子だから、何か食わせてやれ」

老婆はふん、と口をゆがめて、蛇が這うようにのそりと下りて来た。

二階の客たちの顔を意地悪そうな目つきで見渡して、にたりと笑ってから階段を下りていく。

「あいつは、お茂婆《しげばば》と言ってな、屋根裏に住んでおる。泊まり客で自分で煮炊きができない者や、食い物の用意のない者はあの婆さんに銭を払って飯を作ってもらうのだ。どこの木賃宿にも、あんな飯炊き婆さんがひとりくらいはおるもんだが、お茂婆はとりわけ底意地が悪くて強欲だ」

豪右衛門はうんざりしたように言った。そして、ふと七十郎の顔を見た。

「しかし、お主、どこへ参るのだ。それほどの旅支度もしてはおらんようだが」

「いえ、わたしは川を渡らなくともよいのです。ここでひとを待つのですから」

「ひとを待つ？　江戸から帰国する相手か」

巨勢川を越えた道は東へと続いている。参勤交代で使われる街道でもあった。

「いえ、それは――」

七十郎は口ごもった。

「よしなよ、旦那。こんな木賃宿は吹き溜まりみたいなもんだ。いろんな奴が転がり込んでくる。わたしだって、旦那だって、他のみんなも、いろいろわけありなんじゃないのかい」

お若に言われて、豪右衛門は苦笑いした。

「そう言えばそうだな。安心しろ、お主のことはもう訊かん」

「わたしは――」

七十郎は何か言いかけたが、そのまま黙ってしまった。部屋の隅に行くと、背に負っていた荷を下ろして解いた。中に油紙で包んだものがあった。

七十郎は油紙を開いて書状を取り出し、正座してうっとりと眺めた。

その様子を、豪右衛門たちは素知らぬ顔をして横目で見ていた。金目の物ではなさそうだ、という目つきだ。

その時、ぎしぎしと音がして、髪を桃割れに結った娘が階段を上ってきた。色白の顔を豪右衛門に向けて、

「豪右衛門さん、お金をくださったのは、あのお侍さまですか」

と息を切らしながら訊いた。髷も着物も雨に濡れている。豪右衛門はにやりと笑った。

「ああ、そうだ。伊東殿、おさと坊が帰って来たぞ」

豪右衛門に声をかけられて、七十郎は振り向いた。ととのった顔立ちの娘が、すずしい目で七十郎を見つめている。七十郎はごくりとつばを飲み込んで言った。

「何か用でしょうか」

「お礼を言いに来ました」

「いや、礼など別に——」

　よいのです、と言おうとしたが、娘は七十郎の前に座ってきちんと頭を下げた。

「お金をいただいて助かりました。ありがとうございます。わたしの親は上野の御城下で八百屋を営んでいたんですが、この春の流行病《はやりやまい》で二人とも亡くなって、お祖父ちゃんに引き取られて川向こうの崇厳寺《そうげんじ》村に戻るところなんです。それが長雨で川止めになってしまい、お祖父ちゃんも体の具合が悪くなって困っていました。おかげさまで弟とお祖父ちゃんに食べさせることができます」

　七十郎はうなずきながら目を落として聞いていたが、ふと見上げると、おさとの顔に翳りが差しているのに気がついた。

　ひとから金を恵んでもらう辛さに、けなげに耐えているのだ。七十郎は胸が詰まる思いがした。

「すみませんでした」

　と言って唐突に頭を下げる七十郎を、おさとは驚いて見つめた。

「二十文しか出しておらぬのに、そんなに礼を言ってもらわずとも。親切でしたのではないのだ。佐々殿に金を出せと言われて、仕方なく出しただけで」

　七十郎はあわてて言った。

「それでしたら、お返ししたほうがいいのでしょうか」

おさとはうかがうような目を向けた。

「いえ、とんでもない」

あわてて、手を振った。豪右衛門が笑って、

「おい、わずか二十文のことでいつまで話をしているのだ。それよりおさと坊、祖父さんの具合はどうだ」

と訊くと、おさとは悲しげに頭を振った。

「お腹が痛いのは治まったみたいなんですが、何にも食べられなくて、お医者様にいただいたお薬も無くなってしまいました」

「そうか、薬が無くなったか。それは困ったな。おさと坊がいくら手間賃稼ぎに出ても、宿代と飯を食うだけで精いっぱいだろう」

豪右衛門はつぶやくように言いながら、七十郎を見た。

「おい、薬代だ――」

「…………」

「わからんのか。薬代を出してやったらどうだ、と申しておるのだ」

「わたしがですか」

警戒するように豪右衛門を見返した。

「二十文では何の足しにもならん。仏作って魂入れずというやつだな」

「ならば、佐々殿が出されたらいかがですか」

七十郎は反抗的な目を向けた。

「何を馬鹿なことを。わしはわずかな手間賃稼ぎのために土俵積みをしてきたばかりだと申したではないか。わしが銭を出しても共倒れになってしまう。そこへいくと、お主はきょう宿に入ったばかりで、まだ余裕というものがある。持っている者が出さなくて、誰が出すというのだ」

豪右衛門が滔々《とうとう》と諭している傍らで、おさとは困ったように頭を下げた。

「そのようなことをしていただいては、申し訳がないです」

「なあに、そんなことはないぞ、おさと坊――」

豪右衛門が平気な顔で言うのに、おさとは困りますから、と言い残して急いで階段を下りていった。七十郎はほっとしたが、豪右衛門たちが非難の目で見ているのを感じて、

「わたしには薬代を出さなければならない謂《いわ》れはありません」

と口に出したが、途中で自信なげに小さな声になった。

お若がつめたく言った。

「そりゃあ、そうだろうさ。だけどね、立派なお侍さんなんだ。困ってる娘のために、ちっとは助けてくれてもいいんじゃないか、と皆は思っちまったんだよ」

「だったら、博打などなさらずに、その金を薬代として差し上げたらいいのではありませんか」

七十郎が言い返すと、お若は苦笑を返しただけだったが、千吉が袖をまくりあげて声を大きくした。

「なんだと、博打っていってもな、わずかな銭をやったりとったりしているだけだぜ。それに、こんな銭はすぐに宿代に消えちまう。それまでの手遊《てすさ》びなんだ。お侍だからってふざけたことを言うんじゃねえよ」

お若は笑った。

「およしよ。生まれてこのかた、その日の食い物の心配なんかしたことのないお侍には、わかりっこないさ」

「わたしも軽格《けいかく》の身ですから、暮らしの苦労を知らぬわけではありません」

むきになる七十郎の傍らに、豪右衛門が来て肩を叩いた。

「まあ、怒るな。皆で貧乏自慢をしたところで始まらぬ。生きていくためには情け知らずになることもやむを得ぬ、ということだ」

「わたしが情け知らずだとでもおっしゃるんですか」

抗弁しようとすると、豪右衛門はにやにやしながら頭を振って、千吉に声をかけた。

「おい、伊東殿はまだ女子《おなご》を知らぬと見たが、お前はどう思う」

「そりゃあ、見ればわかりまさあ」

千吉も笑って返した。お若がぷっと吹き出し、弥之助も猿の頭をなでながら、うなずいた。読経していた徳元も頬をゆるめた。

七十郎はため息をついた。こんな連中と関わらなければよかったと思った。

「さような、くだらないことを申されても困ります」

「ならば、女子をご存じなのか」

豪右衛門がからかった。

「わたしは若年にて、まだ妻を娶《めと》ってはおりません」

七十郎が生真面目な口調で言うと、豪右衛門は大口を開けてあくびをした。

「妻を娶らんでも女子を知っておる男は、この世にいくらでもおろう。どうだ、おさと坊のような世間ずれをしておらぬ娘も悪くはないぞ」

七十郎は顔を赤くした。

「冗談にも程があります。貴殿は恥というものをご存じないのですか」

「まあ、許せ」

豪右衛門は笑いながら、ごろりと横になった。徳元が読経をやめて、

「ひとひととが親しむのには男と女の話をするのが一番です。豪右衛門さんは、あなたが皆と喧嘩をせぬよう取り持たれたのです」

と諭すように言った。

七十郎は豪右衛門を胡散臭げに見た。

「まことですか」

豪右衛門は何も答えず、やがて鼾《いびき》をかき始めた。寝てしまったようだ。

七十郎は仕方なく、荷の整理をした。荷の中にあった竹の皮に包んだ握り飯を見て、腹が鳴った。もう夕刻である。

少し早いが食べてしまおうと七十郎は思った。宿に入っただけで、ひとに金をやらねばならなくなった。握り飯も誰かが手を出さないとは限らない。豪右衛門が話していたのを思い出して、

（あの猿はやはり怪しいかもしれない）

七十郎がちらりと疑いの目を向けると、猿は、ききぃ、と歯をむいた。

七十郎はそそくさとたくあん二切れで握り飯を三つ食べてしまった。夜になって腹が減るかもしれないが、我慢しよう。

のどが渇いたので一階に下りた。水ぐらいは飲ませてくれるのではないだろうか。すでに階下は薄暗かった。

先ほどとは違って、竈に火が入り、お茂婆が煮物をしていた。板敷では、自分で用意したのか飯を食べている者が何人かいて、竈の火の明かりに照らされて床板に黒い影を落としていた。皆、顔を寄せ合うように、ひそひそと何事か話しながら箸を動かしている。

階段下では、おさとが五郎や祖父と煮物を食べていた。五郎は七十郎に気づいて、にこりと笑った。食べ物にありついて嬉しそうだった。

おさとは両手をついて頭を下げ、祖父はぼんやりと七十郎を見た。面長で上品な顔をした老人だった。七十郎はあわてて手を横に振って、土間に下り、お茂婆に水瓶の水を飲んでもいいか、と訊いた。

お茂婆は、無言で水瓶のそばにある柄杓《ひしゃく》をあごでさした。その柄杓で水を飲んでいて、格子窓から白い光が差し込んでいるのに気づいた。格子の間から見える空がうっすらと青みがかっているような気がする。すでに雨が止み、細眉のような月が出ていた。

「雨が止んだのか」

七十郎は嬉しくなってつぶやいた。するとお茂婆が、鍋の中で煮ている大根に箸を刺しながら嗤った。煮物からおいしそうな醬油の匂いが漂ってくる。

「夜の間だけだ。朝になればまた降る。そんな天気だ」

がっかりすると、お茂婆が追い打ちをかけるように言い添えた。

「二階の奴らには気をつけたほうがいいぞ。あいつらみんな、悪党だ。用心しないと身ぐるみはがれてしまうぞ」

七十郎はうなずいた。お茂婆に言われるまでもなく、気をつけなくては、と思っていた。豪右衛門の顔など山賊にしか見えない。

千吉というやくざ者や、お若という鳥追い女も怪しい。猿廻しの弥之助と徳元という坊さんも、油断できない。

水を飲んだ後、二階に上がった。皆、横になったり、板壁に寄りかかったりしている。誰かが何か食べたのか、食べ物の匂いがした。

皆が食べたわけではないだろう、何人かは空腹を我慢して寝ているのではないか、と思った。それでも同情する気にはなれない。

七十郎にしても川止めが長引けば、まず食べることから節約しなければならなくなるのだ。そんなことを考えているうちに、寝てしまった。旅の疲れが出ていた。

夢の中で七十郎は女に出会った。

――美祢《みね》様
七十郎の寝言が闇に響いて、寝ている者をぎょっとさせた。

二

「お侍さん――」

七十郎は肩を揺り動かされて目を覚ました。はっとして、懐の財布を押さえた。

「誰も盗ったりはしないよ」

女の、笑みを含んだ声だった。目を開けると、お若の顔がすぐそばにあった。

いい匂いがする。どきりとした。

「何事ですか」

言いかけると、お若は手で七十郎の口を押さえた。

「皆、寝てるよ。ちょっと、付き合っておくれ」

ささやくように小声で言う。あたりを見まわすと、まだ薄暗い。

「もうじき、夜が明けるよ。その前にやりたいことがあるんだ」

お若はそれ以上言わずに、七十郎の手を引っ張った。わからないまま七十郎はお若について階段を下りた。一階でもまだ皆寝ていた。かすかな寝息とともに上下する布団が並んでいる。

お若は寝ている者を巧みに避けて土間に下りた。さらに裏手への戸口に向かう。外へ出てみると空が白み始めている。雨は降っていなかった。湿り気を帯びてはいるものの、朝の空気は心地よかった。

「こっちだよ」

お若は、七十郎を宿の裏の掘っ立て小屋に連れていった。藁葺の薄暗い小屋だ。板壁に囲まれた中をのぞくと、ひとが入れるほどの槽《おけ》がある。底に平釜《ひらがま》があって、それが窯に据えられていて下で薪を焚き、底板を踏み沈めて入る五右衛門風呂のようだ。

「風呂に入るのですか」

七十郎は戸口に立ったまま顔をしかめて訊いた。お若が、小屋に入ってさっさと帯を解き始めたからだ。

「この季節だから、行水でも構わないんだよ。薪代を払わなきゃ風呂を使わせてもらえないんでね。水はいつでもためてあるから、いつも明け方にこっそり入るんだけど、見張りがいないと不用心だろ」

小屋の戸の隙間からお若の白い肩がちらりと見えて、七十郎はあわてて背を向けた。

「だからといって、何もわたしが見張りに立たなければならないことはないはずです」

「そう言わないでさ、お礼はさせていただきますよ」

「礼など結構です」

お若は風呂に入ったようだ。顔を洗っているのか、ぴちゃぴちゃと水がはねる音がした。しばらくして、お若は小屋の窓から七十郎に声をかけてきた。

「ねえ、お侍さん、女の裸を見たことがないんだろ」

「わたしには、妻がおらぬと申したはずです」

「だったら、見せてあげますよ」

「何をです」

「見張りをしてもらったお礼に、わたしを見せてあげるって言ってるんですよ」

お若はあっさりとした口調で言う。

七十郎はのどの渇きを覚えた。

「女人《にょにん》の肌は妻を娶るまで見るものではありません」

「へえ、誰がそんなことを決めたんです」

「そういうものなのです」

七十郎はもっともらしく答えた。

「じゃあ、みね様ってどこのどなたなんです」

七十郎はどきりとした。額に汗が浮かんできた。

「なぜ、美祢様のことをご存じなのです」

「夜中に寝言で呼んでいましたよ。みね様っていうのはお侍さんのいいひとなんでしょうね。みね様に義理立てしてるから、他の女の裸を見られないんでしょう」

「そういうことではありません」

七十郎の声はかすれていた。

雲が赤く染まり、太陽が昇ってきた。あたりの木立がくっきりと見え始め、葉が風にそよいでいるのがわかる。お若はあわてた。

「いけない。皆が起きてしまう」

「早くしてください」

うっかり振り向きそうになった七十郎は、お若がまだ着物を着ていないのを思い出して、目をそむけた。

「もう、いいでしょう。わたしは先に戻ります」

七十郎は急いで宿の戸口に向かった。すると、目を覚ましたばかりらしいおさととぶつかりそうになった。

「お侍さま――」

おさとは目を見開いて七十郎を見た。起き抜けで髷が乱れているのを気にして恥ずかしげに髪に手をやった。

「こんなに朝早く何をしていらっしゃるのですか」

「いや、何でもないんですが、おさとさんは、もうお仕事ですか」

「雨が止んでいるので、お医者様に来てもらえないかお頼みしに行こうかと思ったのです。大雨の中だと無理ですから」

おさとは答えながらも、七十郎が明ける前から起きているのを不審に思っているようだ。七十郎は説明しようかと迷ったが、何と言ったらいいのかわからなかった。すると着物を着終えたお若が背後から来て、

「お侍さん、そんなに急いじゃ、せっかくお風呂で汗を流したのが何にもなりませんよ」

と声をかけた。

おさとが目を伏せて七十郎のそばを小走りに過ぎた。七十郎とお若がふたりで風呂を使った、と誤解したのだ。走っていくおさとの背が少し怒っているように見える。

七十郎は憤然として振り向いた。

「なぜ、あんなことを言うんです。変に思われるではありませんか」

「へえ、どう思われるって言うんです」

お若は笑いながら、七十郎の目をのぞきこんだ。

七十郎は、あきらめたように頭を振って宿に入った。この宿に来てから、戸惑

うことばかりだ。

この日、お茂婆の予測は外れて、昼まで雨は降らなかった。厚い雲でおおわれた空は鉛色に黒ずんでいるものの、雲の間のところどころから薄日がもれて、本格的に雨はあがりそうだった。

宿の泊まり客たちは外へ出て空を眺めた。

「もう止んだんじゃないのか」

「いくらなんでも、そろそろ川明けになってもらわにゃな」

口々に言い交わした。川止めはすでに十日になるという。足止めされている旅人にとっては、死活問題だった。

七十郎は両刀を腰にして、土手まで行った。泥道を歩き、川岸に立つと、宿場役人や川越人足たちが来ているのが見えた。

陣笠をかぶった武士と町人髷の羽織袴姿の男が、川を指差しながらひそひそと話し合っていた。人足が川に入って、しきりに棒杭《ぼうぐい》を確かめている。

（水の深さを見ているのだ）

七十郎は川岸に駆け下りた。白髪の町人髷で羽織袴姿の老人が棒杭のそばを離れて引き上げてきたのに行き逢い、七十郎は思い切って声をかけた。

「川明けになりましょうか」

「無理ですな」

老人は頭を振って、北方の山々を指差した。灰色の峰に雲がおおいかぶさるように垂れこめているのが見える。

「まだ、山に雲がかかっております。あのあたりは今も雨が降っているはずです。それゆえ、川の深さは変わりません。しかも、あの雲はそのうち、このあたりに来るでしょう。そうなれば、また雨が続くことになります」

「そんなに降り続くのですか」

「十年前にも、ひと月余り降り続いたことがありました。その時は土手が崩れて大水になり、川筋の村が丸ごとつぶれました。まさか、そんなことにはならないと思うのですが」

老人は不安げに言った。

「そんなことがあったのですか」

「ええ、まあ――」

老人はしゃべったことを後悔するように言葉を濁すと、土手へと上っていった。

「村が丸ごとつぶれたのか――」

七十郎は暗澹《あんたん》たる気持で川を眺めた。

向こう岸には七十郎が待つ男も到着しているのではないか。だとすれば、一日でも早く川を渡りたいと願っているはずだ。そう思って眺める川向こうの景色は、焦燥の気配が漂っているように見えてくる。

しばらく川を見つめていた七十郎は、踵《きびす》を返して、宿への道をとぼとぼとたどった。

宿に戻ると、六十過ぎに見えるくわい頭の痩せた男が出てきた。手に薬箱を抱えている。続いて出てきたおさとが、何度も頭を下げて見送った。

「お医者様ですか」

七十郎が声をかけると、おさとは無表情にうなずいただけで背を向けた。

（わたしのことを不品行な男だと思ったのだ）

お若がうらめしかったが、どうしようもなかった。それに、豪右衛門に言われながら、おさとの祖父の薬代を出してやらなかったことも気になっていた。

薬代を出さなかったことは悪いとは思わないが、医師を呼んだばかりで、薬代に頭を痛めているに違いないおさとにしてみれば、七十郎と話したくはないだろう。

仕方がない、と思いながら七十郎は土間から板敷に上がった。階段下では相変わらずおさとの祖父が布団にくるまって寝ている。

傍らでおさとと五郎が心配そうに見守っていた。意外なことに枕元で豪右衛門が、おさとの祖父に何か話しかけている。

七十郎は嫌な予感がして、そっと階段を上ろうとした。しかし、豪右衛門の目からは逃れられなかった。

「伊東殿、伊東殿――」

豪右衛門は大声で七十郎を呼んだ。階段に足をかけていた七十郎は、しぶしぶそばに行った。うながされて七十郎が板敷に座ると、豪右衛門はにやりと笑った。太い眉の下で大きな目が光り、密生した髭が震えている。

(悪党の人相だな)

お茂婆に、豪右衛門らは悪党だ、と言われたことを思い出した。

「実はな、伊東殿におさと坊たちの祖父様のことを話しておこうと思ってな」

また、薬代をねだられるのだ、と思った七十郎はあわてて遮った。

「いや、わたしがうかがってもいたしかたないと思うのですが」

豪右衛門は重々しげにうなずいた。

「そうであろうな。ところで、伊東殿は今朝早く、お若と一緒に風呂に入られたとのことだが」

豪右衛門の言葉に、他の客たちが耳をそばだてるのがわかった。おさとはうつむいてしまった。

「さようなことはしておりません」

七十郎が必死になって打ち消すが、豪右衛門は素知らぬ顔で続けた。

「なるほど、さような噂が立っては伊東殿もお困りであろう。さすれば、わしがここで本当のことを話してやってもよいのだが、どうなさる？」

どうやら、風呂の件で七十郎への疑いを解いてやる代わりに、祖父についての話を聞けという魂胆らしい。七十郎はうなったが、おさとに誤解されたままでいるのは、嫌だった。

「いたしかたありません」

七十郎が不本意ながら同意すると、豪右衛門はおさとに向かって言った。

「実はな、昨夜の暑さでお若は気分が悪くなったらしい。それで、明け方に風呂場に行って、体を拭って冷やしたということだ。ふたりで風呂に入ったということなど毛頭ない。伊東殿は、お若を気遣って見張りを買って出たのだ。そのことはわしが断言できるぞ」

豪右衛門の言葉に、おさとは表情をゆるめた。七十郎はそれを見てほっとしたが、なぜ、おさとにこれほど、悪く思われたくないと思ってしまうのか不思議だった。

豪右衛門は約束を果したぞ、という顔で向き直った。獲物をいまから食らおうとする狼のような顔だ。

「おさと坊たちの祖父様は佐次右衛門《さじえもん》殿と申されるが、十年前まで、川を渡った先の崇厳寺村の庄屋を務めておられたのだ」

七十郎は寝ている佐次右衛門の顔を見た。頬はこけているが、鼻の高い人柄のよさそうな老人である。

「それが、十年前の大水で村がつぶれてしまってな。いまでは五、六軒が細々と残っておるだけだ」

「その話なら、先ほど川岸で聞きました。土手が崩れ、出水して村が丸ごとつぶれたとか」

七十郎が言うと、豪右衛門の目に怒りが浮かんだ。

「土手は崩れたのではない。上野藩の郡方《こおりかた》が百姓を指図して切ったのだ。下流の村を助けるために崇厳寺村を犠牲にしたのだ」

「まさか、そのようなことが」

「いや、実際にあったことだ」

崇厳寺村では、ひと月近く雨が降り続いたため、百姓たちが手分けして田畑や川を見回っていた。

佐次右衛門も自ら見回ることが多かったが、ある夜、郡方役所の下役が佐次右衛門の庄屋屋敷を訪れた。

巨勢川の土手に百姓たちを連れて来いという急な召し出しだった。

佐次右衛門は蓑笠をつけて土手へ急いだ。地元では柳《やなぎ》ケ《が》淵《ふち》と呼んでいるあたりだ。川が曲がって深くなっている。一本の柳があるのが目印になっていた。

柳ケ淵から崇厳寺村までは低地が続いており、土手が切れて出水すれば、たちまち田畑が水につかる恐れがあった。村では柳ケ淵の補強を常に心がけて工事してきたため、激しい増水にも崩れた部分はなかった。

大粒の雨が叩きつけるように降る中、土手で待っていた役人は、佐次右衛門が

着くなり、

「大雨で土手がもたん。この柳ケ淵で土手を切る。ただちに取りかかれ」

と高飛車に命じた。佐次右衛門は驚いた。

「お待ちください。柳ケ淵を切られては、崇厳寺村はつぶれてしまいます。お取り止めをお願いいたします」

「これ以上放置すれば、領内の他の田畑がやられてしまう。猶予はならんのだ」

役人は聞く耳を持たなかった。すでに役人が手配した郡方の下役や藩の普請方が鍬を手に集まりつつあった。

佐次右衛門はその様子を呆然と見つめた。

豪右衛門は苦い顔で話した。

「下流の村には大地主がおってな、それが上野藩にも金を貸しておる大商人だ。大商人は名字帯刀も許され、藩に大層な金を貸しておるそうな。出水で大商人の田畑をつぶしては、後が恐ろしいゆえ、上野藩では貧しい崇厳寺村をつぶすことを選んだ。崇厳寺村の百姓たちは自分たちの田地がつぶれることがわかっていながら、雨の中、土手を切る作業をやらされた。あげくに出水は田畑だけでなく村の家々まで襲い、死んだ者も大勢いたということだ」

「そうだったのですか」

七十郎が同情の目を向けると、佐次右衛門は目を閉じたまま豪右衛門の話を聞いていた。

「佐次右衛門殿は、ぬかるんだ土手の道に土下座して、土手を切る場所を変えてくれと嘆願したが、役人は聞き入れなかった。土手は切られ、大水が村を襲うまであっと言う間だった。逃げ遅れた者が大勢いたのだが、上野藩は村の惨状に対して何の手立ても講じなかった」

大水の後、崇厳寺村に残ったのは、つぶれた田畑と働き手や妻子を失った村人たちだった。大水に呑まれて怪我をし、病気になった者も多かった。土砂で押し流された田畑をもとに戻す人手もなかった。

佐次右衛門のもとには村民が押しかけて来て、窮状を訴えた。佐次右衛門は村びとに、

「何としてもできることをしよう。村を立て直そう」

と励まし、藩に村の救済を願い出た。しかし、藩の対応は冷たかった。下流の村を助けるために土手を切り、死者まで出したことの責任を負いたくなかったの

だ。いつの間にか、柳ケ淵の土手は切ったのではなく、大水により崩れたということにされていた。

藩からの援助もないまま、困窮した村民を目の前にした佐次右衛門は当惑した。近くの村の庄屋をまわって援助を請うても限りがあった。

「そのため佐次右衛門殿が私財を投じて、困っている者に食糧や衣服を与え、怪我や病気の者は医師に診せ、暮らしの面倒を見た。さらにつぶれ地を何とか復旧させようとした。しかし、ひとりの庄屋の力では無理だったのだ」

豪右衛門は佐次右衛門に目をやった。

「佐次右衛門殿は私財を使い果たして破産の憂き目にあわれた。その後、息子夫婦は城下に出て八百屋になったのだが、流行病で子供ふたりを残して亡くなってしまった。佐次右衛門殿は城下に出かけ、おさと坊たちを引き取って崇厳寺村に戻ろうとする途中で病になり、しかも川止めとなって困窮しておるというわけだ」

七十郎は佐次右衛門の顔をそっと見て、さらにおさとと五郎に目をやった。三人がそんな不運を抱えた祖父と孫だとは思いも寄らなかった。

豪右衛門はじろりと七十郎を見た。

「佐次右衛門殿は、おさと坊に苦労させるのを申し訳なく思って、早くあの世へ行きたいと言われるので、先ほどからわしが慰めておったのだ」

七十郎は豪右衛門の話を聞いて言葉もなかった。

豪右衛門は、太った膝をぴしゃりと叩いた。

「しかしのう、わしは伊東殿に同情してくれとは言うておらんぞ」

「そんな、佐次右衛門殿のなさったことは立派ではありませんか」

七十郎が言うと、豪右衛門は頭を振った。

「立派ではあるが、この世はひとのためを思い、尽くした者が報われず、おのれの欲を満たすために生きた者が栄耀栄華《えいようえいが》を得るようにできておるのだ。されば、村民のために尽くした佐次右衛門殿がかように苦しまれるのも、当たり前のことなのだ」

「当たり前ではありません」

七十郎は憤然として言った。

「なに、そう思うのか」

豪右衛門は七十郎を意味ありげに見た。

「はい、当たり前であってはならないことだと思います」

七十郎はきっぱり言うと、おさとに近づいた。小声で、薬代はいかほどですか、と訊いた。おさとは聞き取れないほど小さな声で、

「一両です」

と答えた。自然、ふたりは顔を寄せ合って話す形になった。七十郎はうなずくと小柄《こづか》を抜いて、着物の襟もとの糸を切った。襟に縫い込んでおいた一両を取り出して、おさとに手渡した。

「こんなことをしていただいては」

おさとがうつむくと、七十郎は明るく言った。

「構いません。川明けになれば、わたしにはいらなくなる金ですから」

おさとが目に涙をため、佐次右衛門が寝たまま両手を合わせた。五郎が、

「お侍さんありがとう」

と言って泣きじゃくった。

豪右衛門は七十郎の背中を痛いほど叩いた。

「伊東殿、見直したぞ。さすがに女子を知らぬだけのことはある」

「そんなことは関わりがないでしょう」

七十郎はうんざりした。

その夜、七十郎は宿のひとびとから不思議に温かい顔を向けられた。お茂婆でさえ、七十郎が食事を頼むと、余分に野菜の煮つけを一品つけてくれたのである。

「あんたは、あの悪党たちにくらべればましなひとだ」

お茂婆は雑穀の飯をよそいながら、相変わらず豪右衛門たちの悪口を言った。七十郎は、お茂婆の言うことをもっともだと思い、別に弁解してやる必要も感じなかった。

薬代を出したことを知ると、徳元や弥之助は七十郎を褒め、千吉すら感心したようなことを言ってはくれたが、心を許すのは危ういと思っていた。薬代を出させた豪右衛門の手際のよさに、やはり油断できないものを感じていたからだ。

もっともお若だけは、

「あんな小娘のどこがいいんですかねえ」

とひややかな目を向けるだけだったから、心を許すも許さないもなかったのだが。

佐次右衛門の薬代を出したことを皆が喜んでくれるのは嬉しかったが、万が一の時の頼みの一両が無くなったことは七十郎を心細くさせた。

もし、川止めが長引いたらどうなるのだろうと不安になった。

川明けして目的が達せられれば、一両はいらなくなるとおさとに言ったのは嘘ではなかった。

(その時には、わたしは死んでいるだろう)

そう思えば、金が惜しいという気持はなかった。しかし、死ぬのだ、と考えると体が震えるほど恐ろしい。ひとに同情している場合ではない、と正直に思った。

その夜は皆、早く寝た。時おり、小雨は降ったものの、夜半過ぎに月が雲間からのぞいた。白々とした月の光が格子窓に届いた。

あたりは不気味にしんと静まり返っている。川の方からは、うなるような流れの音が響いていた。

七十郎はふと目覚めた。格子窓から差し込んでくる月光は、ぼんやりとした明るさであたりは薄暗かった。

七十郎は起き上がると、脇に置いた刀を手に取り、そろりと抜いて手入れを始めた。刃がきらりと光り、弥之助の猿がおびえたように、ききっ、と鳴いた。

懐紙《かいし》でゆっくりと刀身《とうしん》を拭き、さらに目釘を抜いて柄をはずし、中心《なかご》を確かめた。目釘は暗がりの中で無くさないようにしっかりと手に握り込んでいる。

七十郎は背をかがめて手入れに熱中した。しばらくして、横になっていたお若が不意に起き上がって口を開いた。

「ちょいと、お侍さん、こんな狭い部屋で抜き身を扱われちゃあ、物騒だねえ」

七十郎は驚いて顔を上げた。

「申し訳ありません。雨に濡れたものですから、手入れしておかねばと思いまして」

頭を下げて、ゆっくりと刀を鞘に入れた。

眠っていたように見えた豪右衛門が、

「お主、川を渡ってくる者を待つと言ったが、ひょっとして、その相手を斬るつもりなのか」

と目を閉じたまま言った。七十郎は顔を伏せて、

「滅相もない」

と答えたが、刀を持つ手がわずかに震えた。千吉が目敏く気づいて身を乗り出

した。

「おや、驚いたな。豪右衛門旦那の言ったことが当たったみたいだぜ。このお侍は震えていなさる」

お若や弥之助、徳元も薄闇の中でじっと七十郎の様子をうかがっているようだ。七十郎は頭を振った。

「そのように誤解されては困る。ひとを斬るなど、わたしにはできません」

豪右衛門はむくりと起き上がった。

月明かりに大きな体が影となって浮かび上がった。

「そうであろうな。わしが見たところ、お主の剣術の腕はさほどではない。だが、刀をあつかっていた時に殺気だけはあった。なんぞ思い詰めていることがあるのではないか」

見つめられて、七十郎はそっぽを向いた。

「何もないと申しておるのに、勘ぐられては迷惑です」

「そうか、ならばよいが。宿場ではな、時おり、役人の宿改めがある。このように川止めが続いておれば、どのような者が宿場に入り込んでおるかわからぬからな。同宿の者が役人に怪しいと告げれば、念入りに調べられる。そうなった時、都合が悪いということがなければよいのだがな。お主は書状を大事そうに見ておったが、その書状が改められることになってもよいのか」

豪右衛門は相も変わらず口が達者だ。

「それは困ります」

七十郎は困惑した。すると、徳元がなだめるように脇から取りなした。

「豪右衛門さん、さように問い詰められては伊東様がお困りではありませんか。ひとにはそれぞれ話せぬ事情というものもありましょう」

お若が髪に手をやりながら口をはさんだ。

「そういうわけにはいきませんよ。もし刃傷沙汰でも起きたら、わたしたちも巻き添えを食うかもしれないじゃないか。ここは、ちゃんと話してもらいたいねえ」

千吉が膝を叩いた。

「そうだぜ、聞いとかなくっちゃ、こっちも安心していられねえぜ」

弥之助は七十郎の顔をのぞきこむようにして言った。

「もしや、仇討《あだうち》をおやりなさるんですかい。それなら、わたしたちは邪魔はいたしませんがね」

皆に見られている気配に、七十郎の額には汗が浮いてきた。蒸し暑さのせいだけではなさそうだ。

「どうだ、皆このように言っておる。伊東殿が佐次右衛門殿の薬代を出してくれたことは、皆、喜んでおるゆえ、伊東殿を悪いようにするつもりはないぞ。話してみてはどうだ。わしらには金も力も無いかもしれぬが、知恵ぐらいはあるぞ」

豪右衛門が諭すと、七十郎は覚悟したように口を開いた。

「わたしは刺客なのです。さる方をここで待ち受け、討たねばなりません」

豪右衛門は口をあんぐりと開けた。信じられないという顔だ。

「お主が刺客だというのか。しかし、いままでひとを斬ったことはないのであろう」

「はい、武芸もからっきしです」

「なのに、なぜ、刺客になどなったのだ」

「なりたくて、なったわけではございません。命じられたからです」

七十郎は情けない声になった。お若がくすり、と笑った。豪右衛門はじろりと睨んだが、何も言わず、七十郎に顔を向けた。

「しかし、命じた者には、お主を選ぶだけのわけがあったはずだ」

「それは――」

「なんだ」

豪右衛門に畳みかけるように訊かれて、七十郎はため息をついた。

「わたしが藩で一番の臆病者だからです」

三

伊東七十郎が、元勘定奉行の増田惣右衛門《ますだそうえもん》の屋敷に呼び出されたのは十日前の夜だった。

七十郎の家は、城下でも軽格の者の屋敷が固まっている鳥飼町《とりがい》にあった。以前は鷹匠や鳥見役の屋敷があったが、いまでは普請役の家がほとんどだ。

伊東家は父親の勘左衛門《かんざえもん》が三年前に死んで、七十郎が六十石取りの家を継ぎ小姓組に出仕するようになった。母親の幸《さち》、妹のさき、ちえに下僕の多助《たすけ》がいる。六十石といっても藩の財政窮乏の折、半知借り上げとなり、実質は三十石という貧しい暮らしだ。

惣右衛門から呼び出しの使いが来た時、母親の幸は不安そうな表情をした。

「増田様は何のご用がおありなのでしょうか」

「わかりませぬが、行かぬわけには参りませぬ」

七十郎は声がひっくり返りそうになるのを堪《こら》えながら言った。出かける用意をする間も膝が震えて袴の紐を結ぶ手が震えた。

七十郎の臆病は藩内でも有名だった。

雷が嫌いで落雷があると気を失う。犬に追われれば血相を変えて逃げる。剣術の試合では相手の気合だけでおびえて真っ青になり、木刀を取り落としてしまう、という小心者だった。

七十郎自身、なぜ臆病なのか、自分でもよくわからない。

五歳の時、庭石の上に青蛙がのっているのを、座りこんで見ていたことがある。じっと青蛙を見ていると目が合ったような気がした。すると、青蛙はいきなり跳んだ。それも七十郎の顔に向かってである。

青蛙は七十郎の鼻に、べたりと張り付いた。

気味の悪さと驚きから仰向けに倒れ、庭石で頭を打った。こぶができて、その

夜、高熱が出た。熱にうなされた七十郎は、夢の中で、飛びついてくる青蛙を何度も見て悲鳴を上げた。二、三日は熱が下がらず、

「蛙が、蛙が」

とうわごとを言っては目を覚ますことを繰り返した。

それ以来、思いがけないことが起きると、ひどく動揺するようになった。体がすくみ、声も出なくなるのである。その様子を見て、ひとから臆病だと笑われ、おどおどと振る舞うようになった。

心配した勘左衛門が、ある日、七十郎を庭に連れ出し、

「お前は、これに驚いて頭を打ってから臆病になったようだ。父がその臆病を治してやる」

と言い、手の中に握っている青蛙を見せ、庭石に叩きつけようとした。

七十郎は、泣きながら父親にすがった。青蛙が庭石に叩きつけられ、つぶれる様を想像していた。

「おやめください。蛙がかわいそうです」

すると、勘左衛門は不思議そうな顔をした。

「何を言うのだ。お前は蛙が怖いのだろう」

「ですが、やっぱり殺すのはかわいそうです」

勘左衛門は大きく息をついた。

「お前は武士の子だ。時にはひとを斬らねばならぬこともある。そのような時、かわいそうだと思っては使命が果たせぬぞ」

七十郎はうつむいた。勘左衛門はそっと石の上に蛙を放して屋敷に上がった。

その後、勘左衛門は剣の稽古をつけはしたが、七十郎が十歳を過ぎるころには、

「お前は剣には向かんな」

とあきらめたように言った。それからは、体を丈夫にするためだけの稽古をつけたのである。

勘左衛門は七十郎の臆病な振る舞いを咎めようとはせず、

「無理に自分を変えても仕方があるまい。お前にしかできぬこともあるだろう」

と言った。父親の言葉が深い考えがあってのものか、ただの気休めなのか、七十郎にはわからなかったが、それ以来、

（懸命に努めれば、臆病であっても、御家の役に立つことがあるだろう）

と考えるようにしてきた。そう思うことで、臆病者と蔑まれることがあっても明るさを失わずにいられたのである。

しかしここ数年、不穏な情勢が続く綾瀬藩では、七十郎にとって不安なことが多く続いた。派閥の対立が流血の事態にまで発展しており、夜間に外出した者が、翌朝には死骸となって路上に転がっていた、などということが数件起きていた。

そんな話を聞くたび、七十郎はおびえて、自分にそんな災難が降りかからないようにと願っていた。

それだけに、惣右衛門に呼び出されて夜間の外出はしたくなかった。だが、呼び出しに応じないわけにはいかない。

七十郎は綾瀬藩で対立する二つの派閥のうち、中老稲垣頼母《たのも》の派閥に属していたからだ。

父親の勘左衛門は、稲垣派に連なる者のところに出入りしていた。派閥の対立が激しくなるにつれ、重臣たちの色分けが軽格にまでおよんだ時、勘左衛門は、そのまま稲垣派に属することになったのである。

父の死後、家督を継いだ七十郎は、派閥の呼び出しを断る勇気がなかった。それに、稲垣屋敷を訪れると、頼母の娘美祢の顔を垣間見ることができるのがひそかな楽しみでもあった。

美祢は十七歳になる。

頼母は息子がいないことから、美祢に婿をとって五百石の稲垣家を継がせるつもりだった。派閥の会合の折など、上座の客には美祢に茶を出させた。会合に集まってくる若者の中から婿にふさわしい男を物色するためではないか、と言われていた。

七十郎には、美祢の婿になりたいという大それた望みはなかったが、会合の末席に連なることに胸がときめくものを感じていた。

ところが三月前、稲垣派は大打撃を受けた。派閥の領袖である頼母が下城途中、何者かに襲撃されたのである。

頼母の屋敷は城からほど近く、城門を出て馬場を過ぎ、重臣の屋敷が並ぶあたりの角地を占めていた。城門から五町ほどの距離である。

この日、頼母は城中での執政会議が長引いて下城が遅くなった。すでに夜は更けて、供をする中間《ちゅうげん》が提灯を持って先立ち、真っ暗な馬場を横切ろうとした。そこに闇の中からいきなり頭巾をかぶった武士が躍り出て、提灯もろとも中間を斬った。

頼母をかばった家士《かし》は右腿を斬られて転倒した。頼母は驚いて刀を抜こうとしたが、その時には武士に一太刀を浴びていた。武士は倒れた頼母に止《とど》めは刺さず、さっと闇に消えた。

中間は斬られた時に絶命しており、頼母は屋敷に担ぎ込まれたが、袈裟懸けに斬られて深手だった。一瞬のことだっただけに、家士も、襲った武士については、

「背の高い男でした」

と告げるのが精一杯だった。武士が頼母に止めを刺さなかったのは、深手を負わせるだけで、暗殺する意図まではなかったからではないかと見られた。しかし、頼母の傷は思ったより深く、容体は回復せず十日後に息を引き取った。

対立する派閥の領袖甘利《あまり》典膳《てんぜん》は、小身者《しょうしんもの》から家老にまで成り上がった切れ者だが、たとえ敵対しても、藩の重役を暗殺するほどの荒業を振るうとまでは思われていなかった。

派閥の対立とは言っても、藩内の改革を容赦なく進める典膳に対して、旧来の重臣たちが寄り集まって身を守ろうとしたのが稲垣派だった。

政策的な意見もなく、ただ典膳の専横な振る舞いを憎んで会合を重ねていただけだった。領袖が殺されて派閥は壊滅するかに見えたが、すでに隠居の身だった増田惣右衛門が乗り出したことで、辛うじて持ちこたえたのが現状である。

惣右衛門は、かつて政治の場では狡猾無類な策士と言われた男だった。頼母の

父千右衛門《せんえもん》の懐刀として派閥を動かしていた。

千右衛門が死んだ後も頼母の指南役のような立場で派閥に残っていたのだが、勘定奉行を退いたのを機に会合にも姿を見せなくなっていた。

その惣右衛門が派閥の領袖になったことで、稲垣派の若い者の間には失望が広がった。甘利典膳は家門にこだわらず、能力のある者を引き立てているだけに、隠居したはずの惣右衛門が出てきたことで、稲垣派は頑迷な保守派という色彩をさらに濃くした。

このため、若い者の間で突出した行為に出る者が現れる事態にまでなっていた。派閥の枠に飽き足らず、若い者の動きで藩政を改革したいという動きである。

七十郎はそのような動きについていけなかった。

不穏な藩内情勢の中で、頼るものが旧来の派閥しかないだけに、派閥の新たな長である惣右衛門から名指しで呼び出されれば、駆けつけるしかなかった。

「しっかりするのです。増田様の仰せをよく承って、聞き洩らすことなどないようになさい」

幸は幼い子に言い聞かせるように言った。妹のさきとちえも出てきて、

「兄上、くれぐれもしくじられませぬように」

「お気を強くお持ちください」

とそれぞれ励ました。伊東家の命運は、臆病で頼りない兄にかかっているだけに不安なのだろう。

「だけど、大丈夫でしょうかねえ」

幸は不安げにさきとちえを見た。さきが、

「きっと大丈夫です。兄上は――」

と何か励ましの言葉を探したが、見つからないようだった。すると、ちえが口を出した。

「運がお強いと思います」

あてにならない言葉だったが、幸は勇気づけられたように、

「そうです。あなたは運がお強いのですから」

と七十郎に声をかけた。もっとも、強運だという励ましは、ちえが思いついて口にしただけのことで、どちらかと言えば、七十郎は不運な方だと母親も姉妹も思っていたのだが。

七十郎はうなずくと提灯を手に家を出て、夜道を急いだ。

惣右衛門の屋敷はさほど遠くない。十町ほど先にある辻を曲がると一本道だ。

それほど時間がかかるわけではないが、用件が気になるだけに小走りになった。闇の中にひとりである。先頃、頼母が襲われたことが思い出されてきた。暗が りから、不意に斬りかかられたらどうしようか、と恐れが先に立つ。

稲垣頼母のような大物ではないから、自分が狙われるはずはなかったが、

（しかし、ひと違いということもある）

と、不安になった。三日月で夜道は薄暗いだけに、不気味さは募った。大きな屋敷が続くあたりは、とりわけ闇が濃かった。庭木が土塀を越えて枝をのばし、物の怪《もののけ》のように風に揺れている。

物陰から誰かが見ているような気がして、七十郎は駆け出した。増田屋敷の門前に着いた時には呼吸が乱れ、汗をかいていた。

あえいでいる七十郎に門番が気づいて、邸内に入れてくれた。

七十郎は懸命に息を落ち着かせ、衣服の乱れをととのえてから脇玄関に上がった。膝に力が入らず、思わず転びそうになったのが、われながらみっともなかった。

七十郎が通されたのは奥座敷で、大きな蠟燭《ろうそく》が点《とも》され中は明るかった。

待つほどもなく着流し姿の惣右衛門が出てきた。背が低いのだが、あごの長い

馬面だけに座ると威厳があった。すでに還暦を迎えているはずである。

惣右衛門は、ふさふさとした白い眉の下に隠れた細い目で、七十郎をじっと見つめた。

「伊東勘左衛門の息子だな」

「七十郎と申します」

額に汗を浮かべた七十郎が頭を下げると、惣右衛門は低い声で言った。

「勘左衛門とは城下の微塵《みじん》流の道場で一緒だったことがある。わしの方が十歳ほど年上であったから親しく話すことはなかったが、剣の腕はなかなかであったことを覚えておる。しかし、そなたにはそのような噂を聞かぬな」

七十郎は背中にも冷や汗をかいた。惣右衛門はそんな七十郎を面白くもないというように見ながら話を続けた。

「それどころか、とんだ臆病者だという話を聞くが、あれか、そなたが上宮寺《じょうぐうじ》党に加わっておらぬのも、つまりは臆病のためか」

惣右衛門に言われて、七十郎は恥ずかしさに顔も上げられなかったが、嘘をつく気にもなれなかった。

「さ、左様でございます」

声がかすれていた。

——うーむ
惣右衛門はうなり声を上げた。

上宮寺党とは、近ごろ、城下から二里ほど北の上宮寺に立て籠もっている藩内の若侍十八人のことをいう。

稲垣頼母の暗殺に憤った稲垣派の若侍が多かったが、それまで中間派と見られていた者や、甘利派の者さえいた。

惣右衛門が稲垣派を継いだことに飽き足らない思いだった若侍のうち、儒学者佐久間兼堂《けんどう》に師事していた者が、藩政改革を唱えて建白することを考えたのである。

兼堂は、馬廻り役佐久間善左衛門の三男に生まれ、初め医者を志して江戸に出たが、儒家の門をくぐって儒学者になった。

江戸で学名を上げて藩校の教授となったが、十年前に振る舞いが奇矯であるとして、中老稲垣頼母により罷免された。

その後、兼堂は城下に留まって家塾を開いた。教えたのは通常の朱子学だったが、時に藩政について意見を述べることがあった。特に、自らを罷免した頼母に

ついては反感を露わに批判した。一方で、当時台頭してきた甘利典膳に対しても、
「百才あって一誠なしとは、あのような人物のことだ」
と難じた。誰彼構わず批判の矛先を向けるだけに、かえって問題にされること
はなかった。
もともと兼堂の家塾では、塾生と呼べるのは軽格の身分の者、四、五人に過ぎ
なかった。ところが、派閥の対立が激しくなるにつれ、両派閥の領袖を遠慮会釈
なく批判する兼堂には不思議な人気が出てきた。
兼堂が歯に衣着せぬ発言を繰り返しながら処罰されずにきたことが、藩内での
兼堂の像を大きくしていた。
兼堂の家塾に通う者は三十人にまで増え、どちらの派閥にも属さない藩士の拠
点の観を呈してきた。こうなると、稲垣派や甘利派も兼堂を無視することができ
なくなった。
十年前、兼堂を罷免したことについて、
「わしの誤りであったかもしれぬ」
と頼母が洩らしたらしい、などという噂が、ことさらに流布された。甘利派は
より露骨で、典膳自身が屋敷に兼堂を招いて講義を聞き、

「魂を清められる思いがいたした」

と感銘を受けたことを大仰《おおぎょう》に言いさえした。

兼堂は、相変わらず批判を口にしていたが、態度は重々しくなり、ひそかに藩政の指南役を自任する風があった。

頼母が暗殺され、藩内の派閥争いが混迷を深めると、兼堂は、

「重職暗殺という事態にまで至ったことの責任を取って、甘利典膳、増田惣右衛門はともに隠退し、藩主の叔父、矢沢左太夫《さだゆう》を藩政にかつぎ出すべきだ」

と主張し始めた。矢沢左太夫は先代藩主の異腹の弟で、三十五歳である。藩主の親戚筋である矢沢家を継いだが、これまで出仕したことはなかった。

かねてから英明が噂されていたものの、藩主綾瀬永元《ながもと》は、叔父が藩政に関わることを嫌っていた。しかし、藩政の混乱を収拾するために、非常の措置はやむを得ないというのが、兼堂の考えだった。

通常ならば、ここまで藩政について私見を述べることは処罰されて然るべきだったが、なぜか、そのような動きはなかった。

このため、若侍たちは兼堂の唱えるところが正論だと考え、連名で主君に建白書を出すことにした。

この年六月、十八人が連署した建白書は、国家老の沼田四郎兵衛《しろべえ》に出された。甘利典膳は江戸家老であり、四郎兵衛は甘利派だったが、さすがに十八人連署の建白書を握りつぶすわけにはいかなかった。

若侍たちは建白書を出すと同時に、殿の御沙汰《ごさた》を慎んで待つ、と言って上宮寺に立て籠もった。二つの派閥を解消させるための沙汰が下らなければ切腹する、という意気込みを見せたのである。

四郎兵衛は江戸に早馬を走らせて、藩主の裁可を仰いだ。派閥の抗争に倦んでいた藩士の中には、若侍の行動を称える者も多かった。

しかし一方で、頼母を暗殺するほどの辣腕を振るう典膳が、若侍たちを容赦なく処断すると見る者も多く、関わりを恐れる藩士は口をつぐんだ。

藩内は、上宮寺に籠もった若侍たちの動きが波紋を広げている最中だった。

「そなたが上宮寺党に加わらなかったのは、事成らなかった際には腹を切らねばならぬのが嫌だったからか」

惣右衛門に言われて、七十郎は身が縮む思いがした。たしかに切腹は嫌だった。

七十郎にも建白書に連署しないか、という声はかかった。派閥は無くなったほうがいい、という思いはあったが、

「場合によっては腹を切ることになる。心して連判してくれ」

と言われると踏み切れなかった。母と妹たちを残して死ねないと思ったし、何より切腹するのが恐ろしかった。

顔を青ざめさせて返事をできずにいる七十郎に、誘った男は嘲りの目を向けた。

「やはりな。お主に持ちかけたのが間違いであった」

男はさっさと建白書を引っ込め、その後、誰も誘いには来なかったのである。

上宮寺党に対し、褒め称える声が広がるにつれ、立て籠もりに参加しなかった若侍は非難されるようになった。

七十郎も親戚の者から面罵されたし、家にいても母親や妹たちの態度に素っ気ないものがあるのを感じるようになっていた。

七十郎がうなだれると、

「しかし、上宮寺党に加わった者が、勇気があるとも限らぬ」

と惣右衛門は意外なことを言って、ゆっくり茶を飲んだ。七十郎の前にも座敷に通された時に出された茶がある。

惣右衛門は七十郎に、茶を飲むよう目でうながしてから話を続けた。

「上宮寺党の盟主は桜井市之進《いちのしん》らしいな、存じておるか」

七十郎はうなずいた。

市之進は馬廻り役五百石の桜井家の三男で、藩校でも秀才として知られ、頼母は美祢の婿に市之進を考えているのではないかと噂されていた。

美祢の婿になれば、将来は重役となることが約束されたようなものだった。

市之進はととのった顔立ちで、武芸にも優れ、七十郎にとっては妬ましいほど、何もかも備えた男だ。

「市之進はな、佐久間兼堂から、すでに殿は建白書の中身をご承知だと言われておるようだ。殿は永年、派閥の争いを苦々しく思ってこられ、誰かこれを止めさせる者が出てくることを望んでおられるとな」

「それでは、殿は建白をお取り上げになるのですか」

七十郎は上宮寺党の面々が羨ましくなった。殿が建白を受け入れれば、上宮寺党は一斉に藩政の中心に躍り出ることになる。

「だがな、それは真っ赤な嘘なのだ」

惣右衛門は皮肉な笑みを浮かべた。あごの長い顔が悪相になった。

「どういうことでございましょうか」

七十郎は恐る恐る訊いた。

「つまり、桜井たちは佐久間兼堂に騙されて罠にはまった、ということだ」

「罠ですと？」

七十郎は目を瞠った。

「もともと、矢沢様を引っ張り出そうというのは、わしの策だった。もはや稲垣派には藩政の場に立てる人材はおらん。それなら、矢沢様に立ってもらい、派閥を無くしてしまおうと思ったのだ」

惣右衛門は派閥を引き受けると、城下から東三里の大観山麓《だいかんさんろく》にある矢沢左太夫を訪ねて、藩政に出るよう頼んだ。

左太夫は、惣右衛門の申し出をじっくり吟味したうえで決めると返事をした。

「実のところ、矢沢様は以前から藩政に出る気が満々だということをわしは知っておった。藩主一族であり、力がありながら殿に疎まれ、蚊帳《かや》の外に置かれておったのだからな。わしの申し出を考える振りをされたのも、言わば表面を取り繕うだけのことであった」

惣右衛門はしたり顔で話を続けた。

「稲垣派はつぶすが、甘利派も同様だ。それしか甘利に対抗する手段はなかったからな。それが甘利の耳に入ったらしい。佐久間兼堂はもとより甘利にすり寄っていた曲学阿世《きょくがくあせい》の徒だ。甘利への批判など見せかけの馴れ合いだ。あの男の本心は、自分を藩校から罷免した頼母殿への復讐だけであろう」

「まさか、そのような」

七十郎は頭が混乱した。

「兼堂は甘利の意を受けて若い者たちを焚きつけたのだ。甘利は、矢沢様が藩政を牛耳るために仕組んだことだ、と殿に言上《ごんじょう》しておろう」

「それはまことでしょうか」

「嘘を申しても仕方があるまい」

惣右衛門は物憂げな顔になった。

頼母が死んで派閥を引き継ぐことになった時に惣右衛門が考えた秘策を、甘利典膳に引っ繰り返されたのである。それも稲垣派に属していた若侍たちを使って、という皮肉な策によってだ。

惣右衛門に人望があれば、こうはならなかったと言えるかもしれない。惣右衛門の苦い顔には、そんな意味も含まれているようだ。

「殿は、立て籠もった若い者たちにもひどくお怒りでな。望むままに切腹させよ、との仰せだそうな。間もなく典膳が、殿のご意向を正式に伝えるために国に戻る。

そうなれば十八人は腹を切らねばならなくなる」

「それは、また――」

「上宮寺党に加わらずに命拾いをして、ほっとしたか」

惣右衛門は意地悪く言った。

「さようなことはございません」

七十郎は悲しげに言った。ひとからは、そう見られるだろうし、自分の中にもそんな考えがあるようで気持が暗くなった。

惣右衛門は笑った。

「まあ、そうであろうな。わしは、そなたがさような人間だと思うておれば、今夜、呼び出してはおらぬ」

惣右衛門は、身を乗り出して七十郎の顔を穴のあくほど見つめた。そして、まあ、仕方がないか、とつぶやいた。

「何でございましょうか」

七十郎は嫌な予感がした。惣右衛門が上宮寺党の危機を話すためだけに、七十郎を呼び寄せたはずはないのだ。

「典膳が帰国すれば、上宮寺党は切腹させられてすべては終わる。しかし、そうさせぬため、わしはひとつだけ、手を打った」

「どのようなことをでございましょうか」

「聞きたいか」

「うかがいとうございます」

七十郎は危険な罠の臭いをかいだが、いまさら後に引けなかった。

「典膳は、大坂の商人と癒着しておる。随分と賄賂《まいない》を取り、国許の屋敷に溜めこんでおるようだ」

惣右衛門は含み笑いをしながら言った。政敵の弱みを握ったことに興奮しているように見えたが、どこかに賄賂を溜めこんでいることを羨ましがっているような気配も感じる。

惣右衛門は声をひそめた。

「金のままでは、ひとに知られるゆえ、書画骨董に換えているということだ。必要な時に金に換えるつもりなのだろうな。誰にもわからぬと思っていたのであろうが、驕りが過ぎて気がゆるんだのであろう。昨年、国入りした折に江戸から骨董屋を伴って、蔵の中の物すべてを値踏みさせたということだ。必要な時にはそれを担保に骨董商から金を借りる算段だったのだろう」

そこまで話して惣右衛門は舌舐めずりした。

「いくらあったと思う」

「さあ、わたしにはわかりかねます」

七十郎は自信なげに首をひねった。

「驚いたことに三千五百両の値がついたのだ」

「さ、三千五百両——」

あまりの大金に七十郎は息を呑んだ。

「典膳は小身の出だ。少しばかりの書画骨董なら先祖伝来と言い抜けもできるが、それだけ高価であれば誤魔化しようがあるまい。わしの手の者が江戸の骨董商から、値踏みした鑑定書の写しを手に入れた。これを殿に差し出す手はずになっておる。そうなれば、典膳は終わりだ」

惣右衛門は不気味な笑みを浮かべた。

「それでは上宮寺党の皆様も助かるのでございますね」

「うまくいけばだ」

惣右衛門は首をかしげてみせた。それからしばらくの間、七十郎が不安になるほど黙った。煙管《きせる》を取り出し、ゆったりと煙草を吸った後で、

「典膳が、なぜ帰国すると思う」

と言った。七十郎ははっとした。

「まさか、増田様がなされようとしていることに気づかれたからでしょうか」

「どうもそのようだ。口止めしたはずが、骨董商めが、何やら怪しい動きがあると典膳に告げたのかも知れぬ。そうなると、典膳がすることはただひとつだ」

「何でございましょうか」

「国許に急いで戻り、蔵の中の物を処分することだな。派閥の者の屋敷に預けてもよいし、処分に困るものは破り捨て、焼いてしまうという手もある。ともかく証拠の品さえなくなればよいのだ」

「しかし、そうさせぬ手段が何かあるはずです」

七十郎は身を乗り出して言った。惣右衛門の話にいつの間にか引き込まれていた。

「そうだ。ひとつだけ方法がある」

「どのようなことでしょうか」

惣右衛門は白い眉の下の目を細めた。蠟燭に照らされた長い顔に陰影が浮かび、不気味に見える。

「典膳を帰国の途中で待ち受けて、斬ることだ」

惣右衛門があっさりと言い、七十郎は驚愕した。藩政の暗部を、いきなりのぞいた気がした。耳にしたことが信じられず、おずおずと訊いた。

「それは、刺客を放たれるということでございますか」

「それしかあるまい」

惣右衛門は、当然だという顔をした。七十郎は、なぜこんな話を自分が聞かされるのだろう、と不安になった。

「されど、甘利様は文武に優れた方と聞いております。甘利様を斬ることができるのは、よほどの剣の腕前の者でなければなりますまい」

「剣の腕だけではない。正義を行うには、若くて人物もしっかりしておらねば駄目であろうな」

惣右衛門はゆるぎのない条件を付け加えた。七十郎は何となくほっとした。しっかりした人物ということになれば、自分とは関わりがない、別な人間の話だ。

「さようでございましょうとも」

七十郎は力を込めて相槌を打った。

「しかし、そのような若侍はいま、上宮寺に立て籠もっておる。つまり、いまのところ、動ける人材は払底《ふってい》しておるわけだ」

惣右衛門は意味ありげに七十郎を見た。

「どうだ。わかったか」

七十郎は気味が悪くなった。

「どういうことでございましょうか」

「わからぬか、なぜそなたを今夜、わざわざ呼び出したのか。そなたに刺客を命じるためだ」

七十郎は青ざめて首を横に振った。

「わたしには無理でございます」

「やってみもせんで、無理とは言えまい」

惣右衛門は無慈悲な顔になった。

「藩内一の臆病者と蔑まれておることはご存じのはずです」

七十郎はうなだれた。しかし、惣右衛門は一向に気にする気配はない。

「もちろん聞いておる。そなたの臆病は有名だ。だからこそ、甘利典膳も油断して、そなたを刺客とは思わぬことだろう」

惣右衛門はいかにも名案だ、という顔をしている。

とんでもないことだ、と七十郎は思った。

この老獪《ろうかい》な人物は何か勘違いをしている。ひょっとしたら、藩政から遠ざかっている間に惚《ほ》けたのではないか、と不安になった。

「しかし、わたしに甘利様を斬ることができましょうか」

念を押すつもりで言ってみたが、惣右衛門の表情は変わらなかった。

「不意をつけば、なんとかなるのではないか」

惣右衛門は無責任なことを言った。

四

七十郎がここまで話すと、豪右衛門が、

「なんじゃ、そりゃあ」

と声を張り上げた。

「増田様は、甘利様を待ち受けて斬るようわたしに命じられたのです」

七十郎は詳しく話し過ぎた、と後悔した。

豪右衛門は首をひねった。

「しかし、その派閥の親玉が申しておるのは、まことのことなのか。蔵に書画骨董が蓄えられておるなどと言っても、藩内の者が見たわけではあるまい」

「甘利様が大坂商人と結託して金を溜め込んでいるのではないかという噂は、前からあったことですから」

「その噂を利用して、お主に重役を斬らせようとしているのではないのか」

豪右衛門は不審そうに腕を組んだ。弥之助が、猿を抱きかかえながら言った。

「そう言えば、綾瀬の御城下の武家屋敷にお宝があるって話を聞いたことがありますね」

豪右衛門たちは白けた顔をして、弥之助を見つめた。

千吉が面白そうにからかった。

「猿廻しのあんたが、なんで武家屋敷の蔵のことなんか知ってるんだい」

弥之助はばつの悪そうな顔をして、

「さあてね」

とそっぽを向いた。豪右衛門はふたりのやりとりに構わず言った。

「まあ、重役の不正は本当だとしても、武芸の腕をからきし持たぬお主を刺客に仕立てる理由がわからん」

「申しましたように、稲垣派の若い者は上宮寺に立て籠もっていますから、残っているのはわたしだけなのです」

七十郎は、仕方がないのです、とあきらめたように小声で言った。

「かといって、お主にひとが斬れそうにもないことは、誰でもわかりそうなものだがな」

豪右衛門があごをなでてつぶやくと、お若が横合いから口を出した。

「豪右衛門の旦那、このひとは捨て駒なんじゃないかねえ」

「捨て駒だと?」

豪右衛門は鬚をむしった。千吉がうなずく。

「おれもそう思うぜ。相手を斬れなくても、斬りかかりさえすれば、ひと騒動になる。それが狙いなんじゃねえか。やくざの喧嘩でもよくあるぜ、親分を殺せなくても騒動になれば、お上に目をつけられて、相手は身動きがとれなくなる。その間にこっちの縄張りを広げちまうのさ」

「なるほどな。ここは上野藩の領内だ。たとえ隣国の重臣でも、ひとを斬っておいて、そのまま立ち去るというわけにはいかん。その間、時が稼げるというわけか」

　豪右衛門は気の毒そうに七十郎を見た。徳元が数珠を取り出した。

「つまりは人身御供ということじゃ。むごいことをなさいますなあ。ナムアミダブツ――」

　徳元が念仏を唱え始めたのを、七十郎が遮った。

「わたしはまだ死んではおりませんぞ。それに皆さまの言われるように、甘利様を足止めするためにわたしが捨て駒にされるのであっても構いません」

「なぜだ。うまい具合に利用されるだけではないか」

　豪右衛門は渋い顔をした。

「わたしは、ある方と約束をいたしたのです」

　七十郎が嬉しそうに言うのを、お若はくすりと笑った。

「女でしょう」

「なぜわかるのですか」

　七十郎は赤面してどぎまぎした。お若は意味ありげに横目で七十郎を見た。

「あんた、昨日手紙を大事そうに見ていたじゃないか。わたしの勘だと、あれは女からの文《ふみ》だね。あんたが命がけの仕事を引き受けたのも、その女のためなんじゃないのかい」

七十郎はうつむいた。

これ以上、この怪しげな連中に話したくはなかった。言葉を交わしていれば、ついあれこれ話してしまいそうだ。しかし、豪右衛門は話を続けるよううながした。

「ここまで聞いたのだ。もう少し話してもらわねば、何もわからぬ」

わかってもらわなくてもいい、と思いながらも七十郎はしぶしぶ口を開いた。

惣右衛門から刺客になるよう命じられて、七十郎はすぐに引き受けたわけではない。

「わたしにはできかねます」

何度も断り、その場を辞去しようとした。すると惣右衛門は、やむを得ぬな、とつぶやき、手を叩いて女中を呼んだ。

「待たせている者を連れてまいれ」

やがて女中が案内してきた女を見て、七十郎は胸がどきりとした。

稲垣頼母の娘美祢だった。

美祢は静かに座って会釈をした。惣右衛門は思わせぶりにうなずいた。

「美祢殿に来てもらったのは、わしがこれから言うことが嘘ではないことをわかってもらうためだ」

七十郎はおびえたように美祢を見た。しばらくぶりではあったが、相変わらず見とれるような容姿だった。ただし、緊張のためか表情は強張っているようだ。

「甘利典膳を討つことが容易ではないことは、わしにもわかっておる。あるいは返り討ちにあうことも十分に考えられる。それで、恩賞を考えた。そなたが典膳を討てば、稲垣家に婿入りさせ、美祢殿と夫婦にしてやろう。五百石の稲垣家を継げるのだぞ。そなたの身分から言えば願ってもないことのはずだ」

惣右衛門の話に七十郎は呆然とした。美祢を妻にできるなど、夢にも考えたことがなかった。

「それはまことでございますか」

七十郎は、思わず美祢に訊いた。美祢は手をつかえて、

「十八人の方々の命をお助けください」

と真剣な表情で言った。気の昂《たかぶ》りのためか色白の頬がほんのり赤みを帯び、

瞳は濡れたように光っている。七十郎は美祢を、

――美しい
と思うと同時に、胸が詰まる思いがした。

美祢の目を見た時、

(美祢様は、立て籠もった十八人を助けるため、身を犠牲にされようとしているのだ)

とわかったからだ。それも十八人の中に桜井市之進がいるからではないか。

美祢は、市之進を救うために七十郎を婿にする話を承諾したに違いない。

美祢の気持が七十郎には悲しかった。それでも美祢の思いを無にするわけにはいかない、と思った。

七十郎の口から言葉が飛び出していた。

「刺客の件、お引き受けいたします」

美祢の表情が明るくなった。

「それで、引き受けちまったのかい。馬鹿だねえ」

お若があきれたように声を上げた。豪右衛門がお若を睨んだ。

「武士に向かって、馬鹿とはなんだ」

「だって、そうじゃありませんか。その美祢って娘は、このひとが生きて帰ってこないと思っているから、夫婦になってもいいって言ったに決まってますよ。なのに、その言葉を真に受けちまって、騙されてるんですよ」

徳元が数珠をまさぐった。

「よいではないですか。御仏の教えにも捨身飼虎《しゃしんしこ》とある。この方は身を捨てて慈悲を施そうとされておるのです」

千吉がつめたく笑った。

「そんなことを言っても、今ごろ、お偉方やその娘は赤い舌を出しているに決まっているぜ」

七十郎は頭を振った。

「いえ、美祢様はそのような方ではありません」

「どうしてわかるんでえ」

千吉があぐらを組んで、睨みつけながら訊いた。皆、興味深そうに七十郎の顔をのぞきこむ。七十郎は勢いこんで言った。

「わたしは、刺客を引き受けた夜、家に戻ってから美祢様に手紙を書いたのです」

「手紙だと」

豪右衛門は鬚をなでながら、うんざりしたような声を出した。

「はい。わたしが派閥の会合に出ていたのは、美祢様にお会いできるのが楽しみだったため、しかし、邪《よこしま》な想いからではなく、美祢様の婿になることなど考えたこともなかった、と書きました」

「随分と遠慮したものだな」

豪右衛門があきれたように言う。七十郎はごほんと咳払いして、続けた。

「そして、甘利様を討ちに行くが、討ち損じるかもしれぬと、詫びました。それでも、わたしが甘利様を引き留めている間に上宮寺党の皆さまが助かればよいと思う、増田様に夫婦にしてやると言われたことは、気にされることはない。そのような約束は初めから無いものだ、と承知している。わたしは美祢様のお役に立つだけで幸せだ、と書いたのです」

七十郎は手紙の内容を思い出しながら言った。自分ながら感動したらしく、目に涙を浮かべている。

「その手紙は届けたのか」

「翌日、稲垣様のお屋敷に届けました」

「それで、どうなった。返事は来たのか」

七十郎は皆の顔をゆっくりと眺めまわした。そして、大事なことを告げるように声をひそめた。

「その日の夜、美祢様がわたしの家を訪ねてみえました」

「ほう――」

豪右衛門たちは顔を見合わせた。


美祢が突然訪れたことに、母親や妹たちは動転した。

「七十郎殿にお話がございます」

入口に立った美祢に告げられて、幸は驚きながらも上がるように勧めたが、美祢は頭を振った。粗末な家に上がるのを厭《いと》ったというより、家人に話を聞かれたくないようだった。狭い家だから、話が筒抜けになるのは誰でも察しのつくことだった。

美祢は、庭先で七十郎と話したい、と言った。庭といっても、きちんと作庭《さくてい》などはされておらず、時おり、野菜を作る畑としても使われてきた場所だ。

庭の生垣の向こうは空き地で、その先に小川がある。ひとに聞かれる心配はなかった。

幸は七十郎を急き立てた。

「美祢様がお話があるそうです。失礼があってはなりませんよ」

七十郎があわてて袴をつけるのを、ちえとさきが隣室から襖を少し開けてそっとうかがい、小声で言い合った。

「女の方が兄上を訪ねてみえるなんて初めて」

「美祢様はよほどの物好きなのでしょうか」

「まさか、そんなことはないと思うけど……」

七十郎は、言いたい放題の妹たちに向かって、いい加減にしろ、と小声で叱ると下駄を履いて庭に出た。

美祢の傍らに立った七十郎はかぐわしい香りをかいだ。美祢がそばにいることが信じられずに胸が高鳴った。

家の中で幸や妹たちが固唾《かたず》を呑んで耳をすませているのがわかる。

月の淡い光に美祢の白い横顔が照らされていた。

意を決したように振り向いた美祢は、思いがけないほど厳しい声で言った。

「あのようなことを手紙にお書きになったあなたは卑怯です。わたくしはどうしていいかわからなくなりました」

卑怯だ、という言葉が耳を撃った。七十郎はあえいで、

「卑怯でございますか」

と情けない声で言った。

美祢は七十郎の顔を悲しげに見つめていた。

「あれでは、わたくしが上宮寺党の皆様のために、あなたに命を捨ててくれとお願いしたことになってしまいます」

「そんなことは――」

「わたくしは、立て籠もりこそなさっておらずとも、あなたも上宮寺党と志を同じくされている方だと思い、お頼みいたしたのです。それは父の志を継いでいただくことでもあります。だからこそ、事成った暁には稲垣家を継いでいただきたい、と思いました」

美祢は、頼母が派閥の争いをやめたいと思っていた、と告げた。

そのために、ひそかに惣右衛門とも相談してきた。矢沢左太夫を藩政に引き出すという考えはその中で生まれたものだという。

「父は、甘利様が出世されて従来の重臣方が押しのけられるのをよくないことだと思う方々に押し立てられましたが、派閥を率いるなどということは、もともと好きではなかったのです。ですが、甘利様のやり方が、非情に過ぎると憤っておりました。それでも近ごろでは、派閥の争いが長引いて深刻になれば、御家を危うくすると憂いておりました。そのことは桜井市之進様もご存じでした」

「桜井様が――」

「父は桜井様を信頼されて胸の内を話していました。父が暗殺された後、桜井様は父の遺志を継ごうとして、建白書を出され、上宮寺に立て籠もられたのです」

「そうだったのですか」

七十郎は、心のどこかで上宮寺党は藩政を動かしたいという野心を持っているだけだ、と思っていた。美祢の話を聞いて、少なくとも市之進は違っていたことを知り、自分の浅慮を恥じた。

「わたくしは昨日、上宮寺に桜井様をお訪ねしました」

美祢は悲しげに言った。

上宮寺の門前は目付の命を受けた者たちによって見張られていたが、裏門の警戒はほとんどなかった。藩の上層部は立て籠もった者たちを追いつめるより、脱け出したくなった者のために逃げ道を開けておこうという考えだったからだ。

美祢は小坊主に案内されて、裏門から庫裡《くり》へ入った。そこへ来た市之進はわずかの間に痩せて目だけが光っていた。ひさしぶりに会った美祢に、市之進は、

「何用でござろうか」

とつめたい眼差しを向けた。

七十郎が甘利典膳への刺客として放たれる、と美祢が話すと、市之進は鼻先で嗤った。

「あのような臆病者にさようなことを頼んでも無駄でござろう」

「されど、このままでは、皆様が切腹なさらねばならなくなります」

美祢の言葉に、市之進は吐き捨てるように言った。

「兼堂先生がわれらを騙したのではないか、ということは皆、薄々気づいております。何しろ、われらがこの寺に籠もって以来、先生は一度もお見えにならないし、使いを出しても、いつも先生は留守だという返事です。どうやら、どこかに身を潜めて成り行きを見守っているようです」

市之進の目には絶望の色があった。

上宮寺に籠もった者は本堂に起居しつつ、剣術の稽古や読書をして気を紛らしているが、次第に不安と焦りの色は濃くなっていた。

「たとえ兼堂先生が裏切ったにしても、わたしたちが建白書を出したということに変わりはありません。もはや後戻りのできぬことです。もし逃げ出せば、臆病者の誹《そし》りを受けてしまいます。ここで御沙汰を待つほか道はないのです」

美祢は思い詰めた表情で言った。

「まだ、望みはございます。伊東七十郎殿が皆様のために立ち上がってくだされば、道は開けると思います」

市之進はひややかに笑った。

「あの男がわれらのために立ち上がるなど、さようなことはありません。本当にそう言ったのなら、恩賞が目当てでしょう。藩で一番の臆病者でも恩賞次第では動くかもしれませんからな」

そこまで言って、市之進は、ふと何かに気づいたように美祢を見つめた。

「そうか、増田様が思いつかれそうなことだ。伊東七十郎への恩賞はあなたなのですね。あなたと稲垣家の五百石が恩賞なら、あの臆病者でも奮い立ちましょう」

市之進に見抜かれて、美祢は何も言えずにうつむいた。その様子から、市之進は自分の推量が当たったことを察して、荒々しく立ち上がった。

「わたしは、あなたをあの男に与えてまで助かろうとは思いません。そのようなことは断じてお断りいたす」

そう怒鳴って、庫裡から出ていった。


「わたくしは、桜井様に今一度お会いして、あなたが刺客を引き受けられたのは、わたくしへの思いなどではなく、派閥の争いなど無くしたいという桜井様と同じ志からだ、とおわかりいただくつもりでおりました」

美祢の声には切実な響きがあった。

「ですが、あのようなお手紙を頂いては、そう申し上げることができなくなりました。あなたはご自分のお気持だけを一方的に告げられて、その上、命まで落とされるということになれば、わたくしはどうすればいいのですか。ですから、卑怯だと申し上げたのです」

七十郎はうなだれた。卑怯だ、という美祢の言葉が胸に響いた。美祢の言う通りだと思った。

「お許しください」

七十郎は蚊の鳴くような声で言った。自分はこのひとに謝ることしかできないのかと思うと、情けなかった。このひとから信じられ、頼みにされる男になりたかった。

「わたくしが上宮寺党の方々を助けて欲しいと申し上げたのは、父のもとに集まられた方たちに、これ以上、命を粗末にして欲しくはないからです。もし、わたしのために死のうと思っておられるのなら、刺客になることはおやめください」

美祢はきっぱりと言った。

「ですが、それでは上宮寺党の皆さまが――」

「わたくしにもできることがあると思います」

七十郎は目を瞠った。

「何をなさろうというのですか」

「わたくしは無念の最期を遂げた稲垣頼母の娘です。一身をもってお殿様に父の思いを訴えれば、お聞きとどけくださると思います」

美祢の毅然とした表情を見て、七十郎は胸を深く揺さぶられた。

（美祢様は自害して殿に訴えるおつもりなのだ）

一瞬、自分の置かれた立場も忘れて、七十郎は美祢にうっとりと見とれてしまった。はっと我に返って、

「いけません。さようなことを美祢様がなさってはいけません」

七十郎は声を高くした。

「なぜ、いけないのですか」

「美祢様がお亡くなりになれば、悲しむ方が大勢おられましょう」

「それは、あなたも同じではありませんか」

「わたしなど」

「いいえ、母上様や妹様たちがいらっしゃいます。伊東殿を大切に思われている方々がいらっしゃるではありませんか」

美祢はそう言うと、七十郎の目を見つめた。

「よろしいですか。わたくしはあなたが刺客になられても、あなたの妻にはなりません。ですから、刺客になろうなどとは思わないでください」

美祢は静かに言うと、一礼して去っていった。

七十郎は美祢の後ろ姿を見送りながら、美祢様に自害などさせはしない、守り抜くのだ、そのために刺客になろう、と決意していた。

翌日、美祢から手紙が届いた。

——一筆参らせ候
くれぐれも御身を大切になされたく候
お心のほど、忘れまじく候

という短い内容だった。これだけで七十郎は幸せだった。

「それが、昨日、大事そうに眺めていた手紙ってわけだ」

お若の無遠慮な声で、七十郎ははっと我に返った。

豪右衛門に巧みに聞き出されて、いつの間にか、美祢の手紙のことまで話していたようだ。

(しまった。こんなことまで話してしまった)

美祢との大切な思い出を汚されるような気がした。

急いで取り消そうと口を開きかけた時には、皆はすでに、七十郎の方を向いていなかった。

豪右衛門を中心に弥之助、徳元、千吉、それにお若も加わり、車座になって話している。

「どう思う、この話」

と豪右衛門が言った。

「わたしは、やはり眉つばだと思いますね」

弥之助が眉につばをつける仕草をしてみせた。猿が、ききっと鳴いた。

「おれもそう思うね。やっぱり、このひとは体《てい》よく使われているだけじゃねえか」

千吉が相槌を打った。お若が立て膝をして、

「そのお美祢とかっていうお嬢様もたいした玉だよ。とどのつまり、このひとが命がけで仕事をしたって、女房にもならないっていうんだろ。うまいこと言って、手のひらの上で転がしているんだよ」

と言うと、徳元が数珠をまさぐりながら応じた。

「まことに女人は外面如菩薩《げめんにょぼさつ》内心如夜叉《ないしんにょやしゃ》――」

豪右衛門は大きくうなずいて、腕組みした。

「やはり、皆もそう思うか。さて、どうしたものか」

七十郎は膝を進めて、車座の中に入った。

「わたしは、何もあなた方に相談をしているわけではありません。ただ、わたしが何をしようとしているか、あなた方がご不審のようなので、話さずともよいことまで話してしまっただけです。わたしはわたしの使命を果たすだけですから、案じていただかなくて結構です」

五人を見まわしながらきっぱりと言って、お若に顔を向けた。

「美祢様はまことに清い、心の美しいお方です。美祢様の悪口はお慎みくださ い」

お若はむっとした。

「そうでしょうとも、わたしは清くも美しくもありませんからね。豪右衛門の旦那、何もして欲しくないって言うんだから、余計なお世話はやめて、寝たほうがいいよ」

お若がさっさと横になって布団をかぶると、千吉も、

「そうだ、そうだ。無駄なことだぜ」

とごろりと横になった。弥之助も弥太郎を抱いて、

「まあ、そういうことです」

と部屋の隅に行った。徳元は、えへん、と咳払いして、

「つまりは、馬の耳に念仏ということですかな」

と言いながら横になった。豪右衛門は苦笑いした。

「まあ、その気がなければ相談しても無駄というものだな」

「わたしは何も頼んではおりませんから」

七十郎は憤然として布団にもぐりこんだ。

暇な連中の話の種にされただけだと思った。豪右衛門はそんな七十郎を見て舌打ちしたが、それ以上は何も言わずに横になった。


また雨が降り出した。いつまで続くのかと嘆きたくなるような長雨だった。宿の中は湿気がこもり、息苦しいほどだ。

月が雲に隠れ、部屋は闇が濃くなった。

七十郎は目が冴えて寝つけなかった。闇の中に美祢の白い顔が浮かんだ。

(美祢様はわたしが死んだら、悲しんでくださるだろうか)

悲しんではくれるかもしれないが、馬鹿な男だと思われるだろう。そして、美祢は七十郎のことを忘れるに違いない。

七十郎が甘利典膳を斬って、上宮寺党が助かれば、桜井市之進を婿に迎えることになるのではないか。

美祢が幸せになれば、それでいいと思った。

（できれば、たまにはわたしのことを思い出して欲しいが）

それは、贅沢な望みというものなのだろうな、と七十郎は胸の中でつぶやいた。

七十郎の胸のつぶやきが聞こえたかのように、横になった豪右衛門が背中を向けたまま言った。

「伊東殿。仮にすべてが、お主の申した通りだったとしてもな、誰かが貧乏くじを引かねばならぬような話は、やはりおかしいのだ」

「わたしは貧乏くじだとは思っておりません」

七十郎は闇を見つめたまま答えた。豪右衛門のような牢人にはわからないのだ、と思った。

「いまはそう言っておるが、死んでしまってからでは後悔しても遅いぞ。世の中というのはな、ひとの良い奴、弱い奴が貧乏くじを引かされるようにできておる。早い話が、このような木賃宿に泊まっておるのは、皆、貧乏くじを引いた奴ばかりだ。だから、お主のことが自分のことのように気になるのだ。貧乏くじを引いて良いことなど、ひとつもないのだからな」

豪右衛門はしみじみとした声で言った。

「しかし、誰かが損をしてでもやらねばならないことも、世の中にはあるのではありませんか」

「若い時はそんなことを思うものだが、それは思いあがりだ。ひとりだけが犠牲にならなければならないことなど、この世にはひとつもない。この世の苦は、皆で分かち合うべきものだ」

豪右衛門はそれだけ言うと鼾をかき始めた。

七十郎は、そんなことはないと思おうとしたが、豪右衛門の言葉がいつの間にか胸に深くしみていた。すべてのいきさつを豪右衛門たちに話してしまったつもりだったが、まだ話していないことがあった。

したたかな増田惣右衛門が、藩内一の臆病者と言われる七十郎に刺客を命じるのに、まったく成算がないわけではなかった。

(増田様は、あのことをご存じだった)

屋敷に呼び付けられた七十郎が刺客を引き受けて辞去しようとした時、惣右衛門は玄関まで見送り、さりげなく言ったのである。

「そなたの父勘左衛門は、微塵流《みじんりゅう》の秘技を会得していたそうな。その技をわが子に伝えたのではないか、と道場の古い者が申しておったが、まことか」

　七十郎は驚いて、すぐに打ち消した。

「いいえ、決してそのようなことはございません。それがし、恥ずかしながら父に稽古をつけられても、剣は上達いたしませんでした」

「いや、微塵流の秘技は剣ではない、と聞いたのだがな」

　惣右衛門は、じろり、と七十郎を見た。

　七十郎は何も答えずに増田屋敷を辞去した。帰り道で、惣右衛門が秘技のことをどこまで知っているのだろうか、と訝《いぶか》った。

　勘左衛門は七十郎に剣の稽古をつけるのを諦めてから、ひそかに、ある修行をさせたのだ。体を鍛えるとともに、万一の場合に身を守るためだった。

　勘左衛門は技を教えつつ、

「よいか、これはおのれの身を守るためだけにしか使ってはならぬぞ」

　と教えた。七十郎が、

「なぜでございますか」

　と訊くと、一瞬間を置いて勘左衛門は答えた。

「卑怯な技だからだ」

あの時の父のさびしげな表情が脳裏に浮かぶ。

七十郎は暗い天井を見上げながら、あらためて思った。

（増田様は使わせたいのだろうが、わたしは刺客としてあの技を使わないと決めているのだ。たとえ死ぬことになるであろうとしても）

そうでなければ卑怯者になってしまう。

わたしは臆病者だが、卑怯者ではない。七十郎は自分に強く言い聞かせた。

五

翌朝になって七十郎が目覚めると、あたりが妙に静かだった。

目覚める前に、何か物音が聞こえたようだが、気のせいだったか。起き上がって部屋を見回した。誰もいない。布団は畳まれ、黒い板敷がむきだしになっている。

豪右衛門、猿廻しの弥之助、坊主の徳元、やくざ者の千吉、それに鳥追いのお若までいない。やられたか、と急いで枕元の荷を改めた。

財布も刀も無事だとわかって、安心した。しかし、皆、どこへ行ったのだろう。

格子窓から見える空は昨日と変わらない。

相変わらず灰色の雲が重く垂れこめている。それでも、雨は止んでいるようだ。道の水たまりが小さくなり、白っぽく乾き始めているところもあった。

（川止めが解けたのかもしれない）

急いで袴をつけようとした。あわてたので足が袴にうまく入らず、よろけそうになったその時、誰かに見られていると感じて振り向いた。

階段の途中からざんばら髪のお茂婆がのぞいていた。鬼のような顔で、しかも手には包丁を持っている。

お茂婆はゆっくりと上がってきた。包丁を持っているだけに不気味だった。安達ヶ原の鬼女もかくあらんという姿だ。

いま、二階には七十郎ひとりだけなのだ。

お茂婆が近づいてきた。七十郎は刀を置いてある方へ後退《あとずさ》りながら言った。

「何かご用ですか」

情けないことに、声が少し震えた。

お茂婆は怒ったような顔をして、包丁を突きつけてきた。七十郎はどきりとして後へ飛び退いた。

「いつまで寝てるんだ。飯を食うなら早く下りて来い。片付けができんで困る」

お茂婆はにらみつけて言う。どうやら朝餉《あさげ》を早くすませろと催促に来ただけらしい。七十郎はほっとした。

「川止めは解けたでしょうか」

お茂婆は薄ら笑いを浮かべた。

「雨が止んでも、川の水は多い。まだ、解けるわけがない」

「他のひとはどこへ行ったのです」

「雨が止んだから、稼ぎに行ったに決まってるだろうが。のんびり寝てられるのは、あんたと棺桶に片足突っ込んだ下の爺さんだけだ」

豪右衛門は人足仕事に、弥之助は川止めで退屈しているひとたちの間をまわって猿に芸をさせているのだろう。

お若は門付けで稼ぎに行ったのだ。徳元も托鉢にまわれば、なにがしかの収入はあるだろうし、千吉はやくざ者だけに朝早くから何の仕事があるのかわからないが、ともあれ出かけたのは算段があってのことに違いない。

それにしても、「棺桶に片足突っ込んだ爺さん」とは、病に臥せっている佐次右衛門のことだろうが、ひどいことを言うものだと思いつつ、お茂婆を怒らせれば飯を食いはぐれるかもしれないから、

「すぐに行きます」

と、七十郎はできるだけ丁寧に言った。

お茂婆は、不満顔のまま一階へ下りていった。七十郎は脇差を腰にして、財布をしっかり懐へ入れ、階段を下りた。

階段下では佐次右衛門が寝ており、枕元に五郎が書物を持って座っている。お茂婆の言った通り、一階にいるのは女たち五、六人と老人だけだった。宿の主人もどこかに出かけているらしく姿が見えない。四、五十代の百姓女たちは七十郎に朝のあいさつをして頭を下げた。

白髪の老人は薄い灰色の目で七十郎をじっと見ている。百姓の隠居ということだが、日に焼けた顔は痩せて、かなり年を取って見える。どうも惚けが来ている様子だ。

まわりの女たちに面倒を見てもらいながら旅をしていると耳にしたが、名前は

たしか吉兵衛か市兵衛といったはずだ。

七十郎はあいさつを返した。老人は無表情で視線を合わさない。

「何してるんだ。さっさとしてくれ」

お茂婆に急かされるまま、板敷に座って麦飯と味噌汁だけの朝餉を食べた。味噌汁はひどく塩辛かったので、麦飯にぶっかけてかきこんでいると、五郎が、

「しぃのたまわく――」

と読み上げ始めた。

両手を上げて書物を読み上げている。論語を読んでいるようだ。

七十郎は懐かしくなった。幼いころ父親から素読《そどく》を教わり、長じてからは藩校に通った。熱心に素読をしている時など、父親はいつも褒めてくれた。

(父上に褒められたのはあれくらいだったな)

七十郎は食べ終わると五郎の傍らに行って、書物をのぞきこんだ。

「素読か、感心だな」

五郎はにこりとして答えた。

「祖父ちゃんが教えてくれるんだ」

「そうか、佐次右衛門殿が見てくれるのか」

七十郎は佐次右衛門に顔を向けた。

「孫の素読を聞くのが何よりの楽しみでございます」

佐次右衛門が言った。佐次右衛門の声を聞いたのは初めてだった。

「八百屋をしていた親は、これを寺子屋にもやれませんでしたから」

弱々しい声だった。

十年前の大水で佐次右衛門の村はつぶれ、おさとが言っていたように、息子夫婦は城下に出て八百屋をしていたという。その後、生まれた五郎は寺子屋に行くこともできないでいたのだろう。七十郎は五郎の身の上を思ってため息をついた。

「村には寺子屋はあるのですか」

川止めが解けて崇厳寺村に戻った後、五郎が手習いができるのだろうか、と案じた。佐次右衛門は頭を振った。

「昔は良い先生がおられたのですが、大水の後、村を出ていかれました」

「村を見捨てたのですか」

七十郎は眉をひそめた。崇厳寺村は大水で壊滅的な打撃を受けたと聞いている。寺子屋の師匠といえば、ひとの道を説く者であるはずだ。村の再建に尽力すべきだったのではないか、と思った。

「村を見捨てて出ていかれたわけではありません。村を助けようとしないお役人に憤られたのです」

　佐次右衛門は悲しげに言った。

「村を出て、何をされているのです」

「さあ、それは——」

　佐次右衛門は言葉を濁した。その表情には話しすぎたことを後悔するような困惑の色が浮かんでいた。何か話せない事情があるのだと思って、七十郎は訊くのをやめた。

　その時、男が入ってきた。

　半纏を着た六尺を超す男で、豪右衛門かと思って振り向いた。胸板が分厚い、たくましい体つきで、あごの長い馬面の大男だった。

　大男は土間に立つと、宿の中をじろじろと見まわした。片手に五合《ごんごう》徳利を持ち、もう片方には斧を持って、足下がふらついている。

　お茂婆が男を見て、嫌な顔をした。

「松蔵《まつぞう》。また、朝っぱらから酒を飲んでいるのか。さっさと馬方の仕事に出たらどうだ」

松蔵と呼ばれた男は薄ら笑いを浮かべた。なるほど、男からは馬や藁の臭いがする。

「おれの勝手だろ。それより、おかねを知らねえか」

「おかねなら、いつも朝方、野菜を売りに来るが、そう言えばきょうは来てねえな」

「本当か？」

松蔵は疑わしげにお茂婆を見た。お茂婆は嗤った。

「なんで、わしが嘘をつかにゃならん」

「そうか――」

松蔵は上がり框にどっかりと腰を据えた。徳利の酒をぐびぐびと飲んで、酒臭い息をふーっと吐いた。出ていくつもりはないようだ。

お茂婆が顔をしかめて毒づいた。

「どういうつもりだ。客でもないのに、そんなところに座りこんで、さっさと出ていけ」

松蔵は口をぬぐって、にやりと笑った。

「おかねはきっとここに来る。野菜を売って銭をもらわにゃ、宿場を出ていくわけにはいかねえからな」

「おかねが宿場を出ていくっていうのか」

「ああ、男と一緒にな」

松蔵は、どんと音を立てて斧を板敷に突き立てた。ひいっ。百姓女が悲鳴を上げた。斧の鋭い刃先は赤黒く染まっている。

お茂婆が目を光らせた。

「松蔵、お前――」

「昨晩は親方のところで博打をやって、そのまま寝ちまった。朝方、家に戻ったら薬の行商人があわてて家から出てきた。おれがいないのをいいことに、おかねと乳繰り合っていやがったに違えねえ」

松蔵は、また酒を飲んだ。その男を斧で殺したのではないかと居合わせた皆は思った。しかし、恐怖から誰もそのことを言い出せない。

お茂婆が口を開いた。

「お前、何をやったんだ」

松蔵は口の端で笑って答えなかった。

七十郎は、松蔵が斧を突き立てた時から体が震えていた。赤黒く染まった斧を見て恐ろしくなった。頭の中が真っ白になって、自分の顔色が青くなっているのがわかった。

（刀を取ってこなくては）

斧を持った大男に脇差だけでは対抗できそうにない。震えながらも、こっそり二階に上がろうとした。すると、五郎が七十郎の袖を引いて止めた。ささやくような声で、

「二階へは行かないほうがいいよ」

と言った。七十郎は顔を近づけた。

「刀を取りに行くのだ」

五郎は頭を振った。

「だって、二階の天井裏にはあのおじさんが捜している女のひとがいるんだよ」

「なんだって――」

「お侍さんが寝ていた時、女のひとが来たんだ。それでお茂婆さんが二階の天井裏に匿《かくま》った」

五郎は聞き取り難いほどの小声で耳打ちした。

（そうか、さっきお茂婆は天井裏に女を匿おうとしていたのか。それで、わたし

に気づかれぬよう飯を急かしたのか）

　納得はいったが、同時に困惑した。七十郎が二階へ上がれば、松蔵の注意を二階へ引きつけてしまう。

　二人がひそひそと話していると、松蔵がじろりと見た。

「おい、小僧――」

　五郎はぎくりとした。松蔵は板敷に突き立てた斧の柄に手をかけた。五郎を脅すようにあごでうながした。

「そのお侍の脇差をここへ持ってこい」

　七十郎は息を呑んだ。何を言い出したのか、と耳を疑った。

「何を言う」

　刀は武士の魂だ、渡すことなどできぬ、と言いかけたが、松蔵に睨まれて、言葉を飲み込んだ。

「おかねを待っている間に、後ろからばっさりやられたらかなわねえからな」

「なんだと」

「わかっているだろうが。おれはもうひと一人殺して来た。どうせ獄門台に上がる身だ。脇差を渡さねえなら、ここで暴れて死ぬだけだ」

松蔵の目は狂気じみて血走っていた。七十郎は背筋が寒くなった。

この男は、逆らえば斧を振り回して荒れ狂うだろう。そうなれば、自分ひとりではとても取り押さえられないと思った。

(取りあえず、脇差を渡してなだめよう)

脇差を抜いて渡すと、五郎は戸惑いながら松蔵のところに持っていった。

「馬鹿な侍だ。脅されて刀を渡してどうするんだ」

お茂婆があきれたようにつぶやいた。

板敷の隅にかたまっている百姓女や老人も、七十郎につめたい目を向けた。七十郎が松蔵を取り押さえてくれるのではないかと期待していたのだ。

「侍のくせにだらしがない」

老人がぶつぶつ言った。惚けているとばかり思っていたが、肝心なことはわかるようだ。

お茂婆はため息をついて、

「二階の連中がいたらよかったんだが、肝心な時にはいねえ」

と腹立たしげに言った。お茂婆は、ろくでもない連中だ、と二階の五人を罵っていたが、こんな時には頼りに思うのかもしれない。

たしかに豪右衛門か千吉がいれば、松蔵を取り押さえることぐらいはできるだろう。お茂婆は七十郎を当てにできないとあきらめたようだ。皆の失望を感じて気まずくなった七十郎は、咳払いをした。

「ま、松蔵殿――」

なんとか話し合いで松蔵に出て行ってもらうことはできないか、と恐る恐る声をかけた。

「なんでえ。お侍様」

松蔵は嘲るように応えた。

「ここには、松蔵殿が捜しているひとはいないのだから、ほかを捜したほうがよくはないか」

「うるせえっ」

怒鳴った松蔵は、手もとに置いていた脇差を抜くと、斧と並べて板敷にがしっと突き立てた。七十郎はびくっとした。

突き立てられた白刃が不気味に光った。

（しまった。脅しの武器を増やしてやったようなものだったか）

七十郎は後悔した。

（わたしは、やはり荒っぽいことに向いていない）

たかが馬方の乱暴者を扱いかねている自分にがっかりした。こんなことで甘利典膳を討つ刺客の役目を果たせるのだろうか。

「おれは誰が何と言おうと、おかねが姿を見せるまでここで待つんだ。怪我をしたくねえんだったら、おとなしくしてろ」

松蔵は皆を見まわして怒鳴った。

白髪の老人の傍らにいた百姓女がおどおどと声をかけた。

「わしらは、ここに泊まってるだけなんだ。関わりがないから、出ていってもいいんじゃないかね。目の悪い年寄りもいることだし」

松蔵はゆっくりと頭を振った。

「そうはいかねえ。おかねが来るまで皆ここにいるんだ」

百姓女はがっかりした様子で座りこんだ。他の女たちもかすかな望みが失われてうなだれた。別の女が七十郎に訴えた。

「お侍様、なんとかしてくださいよ。あんたが刀を渡しちまったりするから、こんなことになっちまったんだよ」

それを聞いて、松蔵がおかしそうにげらげらと笑った。

「いいのかい、お侍さん。百姓から、そんなこと言われて。命がけでおれと勝負しちゃあどうだい」

松蔵は斧の柄に手をかけた。

「ま、待ちなさい。落ち着いて話しましょう」

七十郎はあわてて言った。松蔵はふん、と鼻で嗤って、斧から手を放し、また五合徳利に口をつけて酒を飲んだ。

七十郎は、ふと五郎の姿が見えないことに気づいた。どきりとした。どこに行ったのだろうか。佐次右衛門に目を向けると、目で二階を差した。

（なるほど、天井裏にいる女房に松蔵が来ていることを知らせに行ったのか）

なかなか聡い子だ、と感心した。

五郎が足音をしのばせて階段を下りてきた。青ざめた顔をしている。松蔵の目にふれないように七十郎の後ろに隠れた。

「女のひとはあいつが来たのに気がついて天井裏で怖がってた。いま下りて来たら駄目だって言ってきた。あいつは、薬を売りに来ただけで何も悪いことをしていない男のひとの頭を斧で割って殺したんだって」

五郎はおびえた声で言った。おかねは松蔵がしたことを五郎に話したのだ。

「そうか、わかった」

と言いながら、七十郎はごくりとつばを飲み込んだ。松蔵がひとひとり殺したというのは、やはり嘘ではなかったのだ。

「おい、何をこそこそ話してやがる」

松蔵が七十郎をじろりと見て怒鳴った。おびえた五郎が、七十郎の腰にしがみついた。松蔵は七十郎を睨みつけていたが、ふと七十郎の背後に階段があることに気づいた。

「そうか、おかねの奴、二階に隠れているんじゃねえか」

松蔵がつぶやくと、五郎が叫んだ。

「違うよ。おばちゃんは二階になんかいないよ」

松蔵はにやりと笑った。

「やっぱり二階にいるんだな」

斧をつかんで立ち上がった。七十郎は、止めなければと思ったが、足が動かなかった。松蔵は階段に足をかけた。その時、おさとが宿に駆けこんできた。

「大変です。宿場で人殺しがあったそうです。表にお役人がいっぱいいます」

階段下の佐次右衛門がおさとの声に必死で身を起こそうとした。

「おさと来るんじゃない」

佐次右衛門はしぼり出すような声で叫んだ。おさとは、板敷に斧を持った松蔵が立っているのを見て、立ちすくんだ。

お茂婆が大声を上げた。

「逃げるんだ」

しかし、松蔵の動きは素早かった。板敷から土間に飛び下り、あっという間におさとを羽交締めにすると、のどもとに斧を突きつけた。そのままおさとを引きずるようにして板敷に上がり階段の下に行った。

「おかね、二階にいるのはわかっているんだ。下りてこなければ、この娘っ子ののどをかっ切るぞ」

松蔵が大声で怒鳴ったが、二階からはことりとも音がしなかった。

七十郎が呆然としている間に、五郎が板敷に突き立っている脇差に走って、柄に手をかけた。

「坊主、何しやがる」

松蔵が叫ぶと、五郎は睨み返した。

「これで、お侍さんにお前を斬ってもらうんだ」

「なんだと、こいつは、おれを斬るなんざできやしねえ」

松蔵はせせら笑って七十郎を見た。

「そんなことはないよね」

五郎は七十郎の顔をすがるような目で見た。七十郎は何も言えず目をそらせた。

五郎は七十郎を信じたいのだ。その信頼に応えられないのが辛かった。

五郎はがっかりして刀の柄から手を放した。お茂婆が土間から、

「その侍を頼ったって無駄だ。それより松蔵、おかねは確かにここに来たが、わしが裏口から逃がしたぞ。早く追いかけるんだな」

と突き放すように言った。松蔵はわめいた。

「婆あの口にはだまされねえ。おかねが下りてこなけりゃあ、この娘っ子だけじゃねえ、この宿の者皆、頭をぶち割ってやる」

「お前、昔はおかねと仲のいい夫婦だったじゃねえか。どうしてこんなことになったんだ」

お茂婆は松蔵夫婦のことを知っているらしく、憐れむように言った。松蔵は顔をそむけた。

「お前がこの宿場に流れ着いたころのことを、わしは覚えているぞ。貧乏で村から逃げ出した百姓の倅で、親にも死なれて食うや食わずだった」

「昔のことなんかどうでもいい」

松蔵は鼻で嗤った。

「いや、お前はこの宿場で世話になって飢え死にせずにすんだんだ。博労《ばくろう》の親方に拾われて馬方になって食えるようになった。それから居酒屋で働いていたおかねと知り合って夫婦になったんじゃねえか」

「それがどうしたっていうんだ」

「あのころはお前、真面目に馬方をやって働いていたぞ。それがどうしてこんなに変わっちまった」

「三年前、あいつはおれが仕事に出ている間に男を引きずりこみやがった」

「…………」

「相手の男は旅の商人で、おれが知った時にはどこかへさっさと逃げちまいやがった。おれは、とんだ間抜けだ」

松蔵は不貞腐れたように言った。

お茂婆は口をゆがめた。

「そりゃあ、報いってものよ。お前が悪い仲間と酒や博打に明け暮れて、ろくに家に戻らなかったからじゃねえか。そんな目にあえば、女は行き場がなくなるんだ」

「だからって、男を引きずりこんでいいってもんじゃねえ」

松蔵は吠えるように言った。

「大事にしてくれる男がいれば、そっちがいいに決まってるさ」

お茂婆は嘲った。

「うるせえ。おかねはおれの大事な女房だ。誰にも渡さねえ」

松蔵が斧を振りかざし、おさとが悲鳴を上げた。たまりかねた七十郎は、身じろぎして言った。

「大事に思っているひとを悲しませてはいけません」

「なんだと」

松蔵は七十郎を血走った目で睨みつけた。

「聞こえませんか。おかみさんは泣いていますよ」

ぎょっとして、松蔵は階段を見上げた。

二階から女の嗚咽《おえつ》する声が聞こえてきた。松蔵の顔には、後悔なのか憎悪なのか、何とも言いようのない複雑な表情が浮かんだ。

「おかね――」

松蔵はつぶやいた。

「もう乱暴はやめたほうがいいです」

七十郎が言うと、松蔵は頭を振った。何かを振り切るように、

「おい、おかね、下りてこなけりゃ、本当にここにいる皆をぶっ殺すぞ」

と怒鳴った。しばらくして、みしり、みしりと階段を下りてくる音がした。

「おかね、下りてくるんじゃねえ。松蔵は、あんたが下りてきても、ここにいる皆を殺すつもりなんだ」

お茂婆が怒鳴った。

足音は止まらなかった。やがて、下りてきたおかねは、ととのった顔立ちではあったが、やつれていた。

「おかね、やっぱりいやがったな」

おかねは悲しげな顔をした。

「あんた、その娘さんを放してあげておくれ」

「そうはいかねえ。放したら、すぐに役人のところに走るに決まっている」

「いいじゃないか、お役人を連れてきたって。どうせ、逃げられやしない。ふたりともここで死ぬんだから」

松蔵は額に汗を浮かべ、ぎらつく目でおかねを見つめた。

「お前、死ぬ気になったのか」

「仕方ないだろ。あたしはあの薬屋と何でもなかったんだ。それなのに、あんたはいきなり殺しちまった」

おかねが涙ぐんで言うと、松蔵はうなだれた。顔をゆがめて、うめくように言った。

「おれだって、やりたかあなかった」

「だったら、どうして」

おかねの顔がゆがんだ。

「あの薬屋が家から出てきたのを見て、かっとなって怒鳴ったら、おれを見て、笑いやがった。おかしそうに笑って、そのまま行こうとしたんだ。それで、おれは斧を持って追いかけた。脅すだけのつもりだった。ところがあいつは走って逃げ出した。追いかけて、気がついた時には、斧で薬屋の頭を割っていた。あいつが笑いさえしなけりゃあ」

おかねが一歩、前に出た。

「あんた、こうなったら、もう死ぬしかないよ。ふたりで死のう」

「おかね――」

羽交締めにしていた松蔵の手がわずかにゆるんだ。おさとは松蔵の手をはねのけると、そのまま、土間に駆け下りようとした。松蔵ははっとして、

「こいつ、逃がさねえ」

と斧を振り上げた。おかねが悲鳴を上げた。

「やめろ――」

七十郎が大声で叫んで、懐から取り出したものを松蔵に投げつけた。

「うわっ」

うめいて、松蔵は斧を取り落とした。松蔵の右手に棒手裏剣が刺さっていた。

六

「野郎――」

松蔵は七十郎を睨みつけ、板敷に突き立っている脇差に飛びついて、取ろうとした。左手をのばした瞬間、その手にまた棒手裏剣が刺さった。

「痛《いて》えっ」

松蔵はうめいて土間に転げ落ちた。

「動くな。動くと、額に手裏剣を打つぞ」

七十郎は棒手裏剣を構えたまま怒鳴った。土間に尻餅をついた松蔵は、怯えて後退りした。七十郎はじりっと間合を詰めながら言った。

「誰かお役人を呼んでください」

おさとが土間に飛び下りて、表へ走った。五郎が脇差と斧を七十郎のところに持ってきた。その様子を見て、松蔵はがくりと肩を落とした。おかねが膝をついて泣き崩れた。

　七十郎は棒手裏剣を構えたまま言った。

「松蔵殿、あんたは馬鹿だ。大事に思っているひとになら、だまされたっていいじゃないですか。信じるというのは、そういうことです」

　松蔵は言葉が出ず、おびえた目で七十郎を見上げていた。その時、役人たちがどかどかと宿に入ってきた。

「神妙にいたせ」

　陣笠をかぶった羽織袴姿の武士が怒鳴った。下役や六尺棒を持った捕り手が宿にあふれた。土間でうずくまっている松蔵を見た武士が、

「こ奴だ。引っ括れ」

　と大声で指示した。下役たちが松蔵に縄をかける間、武士はお茂婆に、松蔵が来てからのことを訊いた。

　お茂婆は、松蔵がいきなり入って来ると七十郎を脅して脇差を取りあげたこと、おさとを人質にしたことなどを話した。

　お茂婆は、横目でおかねを見て言った。

「松蔵は女房を殺しに来たんでございます」

おかねは土間に膝をついてうなだれていた。武士はおかねの前に立った。

「そなたも取り調べる。同道いたせ」

おかねはよろめきながら立ち上がった。

武士は七十郎に向かって、

「それがし、上野藩郡方見廻役の猪野伝助《いのでんすけ》と申す。御造作《ごぞうさ》をおかけいたした」

と挨拶した。小太りで丸顔、三十過ぎのひとの良さそうな男だった。

七十郎は構えていた棒手裏剣を下ろして辞儀をした。

「伊東七十郎と申します」

伝助は七十郎が手にしている棒手裏剣や、松蔵の手の傷を見て、感心したように言った。

「さても、見事なお腕前でござる。脇差を渡されたということでござったが、手裏剣の技をお持ちゆえ、油断させるためであったのですな。われらには真似のできぬことでございます」

「いや、それほどのことでは」

七十郎は恐縮した。幼いころ、父から体を鍛えるために手裏剣を稽古させられた。長じてからはお守り代わりとして棒手裏剣を三本入れた革袋を懐にしているが、実際に使ったことはなかった。脇差を渡したのも深い考えがあってのことではなく、松蔵が怖かっただけだ。

「この男、まことに凶悪なひと殺しでござる。お縄にできて、ようござった」

伝助の話によると、松蔵の家は街道筋から山手へ入り込んだところにあり、今朝方、街道に抜ける道で、百姓が斧を持って走り去る松蔵の姿を見た。脇に目をやると、旅の薬屋が殺されていたという。

薬屋の頭は割られ、顔の見分けがつかないほど無残な様子だった。あたりには血が飛散しており、松蔵が必死に逃げる薬屋を執拗に追いかけまわして殺したことが見て取れた。

百姓が宿場役人に知らせ、代官所の手先が松蔵の家を調べたが、誰もいなかった。薬屋を殺した後、女房を連れて街道を逃げたのではないかと見て捜していたが、まさか宿場の木賃宿に立て籠もっているとは思わなかったという。

「いや、危うく、他にも死人を出すところでござった。まことにお手前のおかげで助かり申した」

伝助はなおも大仰に褒めてから、訊いた。

「して、この宿におられるのは川止めのためでござるか」

七十郎は、逆に訊き返した。

「川明けはいつごろになるでしょうか」

「さあ、このまま雨が止めば二、三日で川止めは解けるでしょうが」

伝助は首をひねった後、声をひそめた。

「それにしても、この宿は武家が泊まるには、ふさわしくありませんぞ」

「さようなのですか」

伝助に言われて、七十郎は不安になった。

「何せ、源兵衛《げんべえ》と申す宿の主人も、昔はやくざ者だったそうです。あのお茂とかいう飯炊きの婆さんも、亭主がこの近在では鳴らしたやくざ者で、随分とひとに恐れられたということです」

「まさか、そんな」

「それゆえ、街道筋を荒らす盗賊が使う盗人宿《ぬすっとやど》ではないか、という噂まであります。盗人が出入りしておるというのですな。無論、泊まり客の多くは金を持たぬ百姓や町人ですが、お手前もくれぐれもご用心なされよ」

盗人宿なのかもしれない、と言われて七十郎はぎょっとした。もともと、妙に怪しげな連中が多い宿だ、と思っていたところである。しかし、川止めである以上、ここにいるしかなかった。いまさら宿を移るにしても、ここより安い木賃宿はないだろう。

「このあたりは盗賊が多いのですか」

「街道を流れてきた無宿者やあぶれ者がそのまま盗人になるようでござる。中でもここ数年は流れ星なる盗賊が横行いたして、われらを切歯扼腕《せっしゃくわん》させております」

「流れ星？」

盗賊にしては妙な名だと思った。

「さよう。盗みに入った屋敷の壁に、頂戴仕《つかまつ》り候と書いて立ち去る盗賊でござる」

街道筋の富商や豪農、武家の屋敷を狙っては盗みを重ねていた。頂戴仕り候の文字の後に必ず、

――流れ星
という署名があるらしい。

「それもかなりの達筆でしてな。ただの夜盗とは思われません」

ある大店《おおだな》では誰も気づかないうちに蔵の中の物をごっそり盗まれていた。鍵は

かかったままで、蔵のどこも壊されてはいなかった。

どこから侵入したかもわからず、店の者が蔵に入った時、壁に文字が書かれているのを見て、初めて盗まれたことに気づいたのだという。

「どんな奴かわからないのですね」

「これまでひとを傷つけたことはなく、風のように忍びこんで盗みを働いております。それだけに、姿を見た者もおらんのです」

伝助は深々とうなずいた。

「特に狙われるのは大店と武家屋敷ばかりです。ここ数年、街道筋の大店は軒並み荒らされております。まことにお上を恐れぬ大胆不敵な者にて、それがしも流れ星の探索のため、この宿場に参っておったのです」

「さようですか」

七十郎は、うんざりした。

(そんなに物騒な宿場なのか)

川止めが解けるまで、この宿場にいなければならないと思うと、不安になった。

伝助はひとしきり話した後、

「引っ立てい」

下役に声をかけて松蔵を引き連れて行った。

どんよりと曇った空の下、縄を打たれた松蔵は肩を落とし、とぼとぼと歩いて行く。その後ろからおかねが顔を伏せ、人目を避けるようにしながらついていった。

七十郎はその後ろ姿を、哀れとも悲しみともつかぬ思いで見送った。

役人たちが出ていくと、おさとが七十郎の傍らに来て頭を深く下げた。白いうなじが見えて、七十郎は目を逸らした。

「伊東様、ありがとうございました」

おさとに見つめられて、七十郎は顔を赤くした。頭をかいて、

「もっと早くに松蔵を押さえていたら、皆にあれほど怖い思いをさせずにすんだのですが」

と言うと、お茂婆が、皮肉な口調で言った。

「あんなことができるんだったら、さっさとすりゃあよかったんだ。おかげでこっちは寿命が縮まった」

百姓女や年寄りは、先ほどとは打って変わって、

「ありがとうございました」

「さすがにお武家さまでございます。命拾いいたしました」

と頭を下げて口々に礼を言った。

佐次右衛門も寝床から七十郎に手を合わせて、

「おさとを助けていただきまして、ありがとうございます」

と礼を言った。五郎はおさとに、七十郎がいかに落ち着いて松蔵に対したかを、興奮して話した。

「お侍さんはいつでもやっつけられたのに、あいつが、どんなに腹の立つようなことを言っても、じっと我慢していたんだ」

そして、七十郎が棒手裏剣を投げた様子を真似してみせた。

五郎が言うにつれ、おさとが七十郎を見つめる目に尊敬の念がこもってくるようで、七十郎はさすがに嬉しくなった。

しかし、五郎の話が終わると、おさとはつぶやいた。

「だけど、あのおかみさん、かわいそうでした」

おさとはおかねのことを気にしている様子だ。

お茂婆が、素っ気なく言った。

「しょうがない。あんな男と一緒になったんだからな」

「でも、あの男のひとがひどいことをしたのは、おかみさんのせいじゃないんでしょう」

おさとはお茂婆に顔を向けた。

「いや、おかねの心と体には闇が潜んでいたのかもしれねえ。そんな女に引っかかると、男は女を自分のものにしたくって妬んだり、疑ったり、あげくの果てには殺して自分のものにしてしまおうとするんだ」

お茂婆は嘲笑うように言った。七十郎はお茂婆の話に驚いた。

(そんな女がいるのか)

一緒に暮らしている間に、少しずつ男の何かを狂わせていく女とは、いったいどんな女なのだろうか。

おかねがそんな女かどうかはわからないが、松蔵がおかねに惹きつけられ、そして狂ったのは事実らしい。

お茂婆はにやりと笑った。

「おさとだって、女だ。用心することだ」

「なんだか、怖い気がする」

おさとはぽつりと言った。

七十郎はおさとに何か声をかけてやりたかったが、言葉が出てこなかった。松蔵とおかねの間に起きた修羅場を見てしまえば、若い娘には男女のことがうとましく思えるだろう。

男と女の間には、ややこしくてうとましいことばかりあるわけではないだろうが、七十郎もまだそれを知らない。おさとに助言を与えることはできないのだ。

それにもとを正せば、七十郎が甘利典膳への刺客を引き受けたのは、美祢への想いがあったからこそだ。

(女への想いで、ひとを殺そうとしているわたしは、松蔵と同じではないのか)

七十郎は胸が重苦しくなった。


夕方になって、二階の五人が次々と戻ってきた。宿で起こったことをお茂婆から聞かされた千吉は、

「それは残念だったな。おれがいたら、その松蔵って奴をすぐにぶった斬ってやったのにな。そうか、そんなに手間がかかったのかい」

と蔑むように七十郎を見た。

「松蔵は斧を持っていたんですよ」

七十郎がむっとすると、

「それがどうした。街道筋の喧嘩沙汰で斧や鎌を振り回す奴は珍しくないぜ。おれはそんな奴のあしらいには慣れているんだ」

と言って、千吉は二階に上がっていった。徳元は、

「拙僧がおれば、御仏の教えを説いてやることもできたのだが。その男、打ち首になっても成仏はできんだろうて。かわいそうなことをした」

とぶつぶつ経を唱えた。

確かに松蔵は成仏できそうにもないが、ひとが暗澹とした思いでいる時に追い打ちをかけるようなことを言わなくてもいいのではないか。徳元の経が嫌みに聞こえる。

弥之助は松蔵の一件にはさして興味を示さず、郡方の見廻役が来たということだけに関心を示した。

「それで、その見廻役は何とおっしゃるお方でございましたか」

「猪野伝助というひとでしたが」

七十郎が答えると、弥之助は首をひねった。

「はて、聞いたことのない名だ」

「弥之助さんは見廻役をご存じなのですか」

「いや、そういうわけではありませんがね。あちこち旅でまわっていると、お役人とも顔なじみになるもんですよ」

弥之助は取り繕うようにそう言って、さっさと二階に上がってしまった。

結局、三人とも七十郎の手柄を褒めるようなことはなく、むしろ宿に役人が出入りしたことを迷惑に思っているようだ。

鼻白んだ七十郎は、尿意を覚えて、厠《かわや》に行こうと思った。

厠は宿の裏に作られた掘っ立て小屋にあった。薄い戸と壁板で仕切られているだけの簡単な造りだ。雨の時などは濡れるのを覚悟で行かなければならない。

七十郎が厠へ行こうとすると、途中の井戸端でお若が足を洗っていた。からげた裾の下からなまめかしい白い足が見えた。

（またた――）

お若が風呂に入る時、見張り番をさせられたことに懲りた七十郎は、また何かをさせられてはたまらない、と思った。

顔をそむけて、お若を見ないように厠へ行こうとした。するとお若が笑いながら、なれなれしく声をかけた。

「ちょいと、聞きましたよ。大変なお手柄だったって言うじゃありませんか」

七十郎は前を向いたまま言った。

「話しかけるなら、裾を下ろしてからにしてください」

お若は面白そうに目を丸くした。

「裾をからげていたら、話しかけちゃいけないんですか」

「女のひとが裾をからげて男に話しかけては慎みに欠けます」

七十郎はしかつめらしい顔で言った。

「相変わらず、堅いんですねえ。あんなに自分は臆病者だなんて言っておいて、ひと殺しを取り押さえるなんて、言ってることがどこまで本当だかわかりゃしない。案外、女を知らないってのも嘘なんじゃないですか」

「わたしは嘘などは申しておりません」

七十郎は思わずお若に顔を向けてしまった。お若は足を洗い終えたらしく裾を下ろしていた。いたずらっぽい目で、七十郎を見た。

「本当は強かったんですね」

七十郎は戸惑って、また顔をそむけた。

「強くなどありません」

「でも、強くなくっちゃ、ひと殺しを取り押さえたりできはしませんよ」

「取り押さえたのは役人です。わたしは少し手伝っただけです」

「あのおさとっていう娘を助けてやったっていうじゃありませんか」

「ひと殺しに捕まった者を助けるのは当たり前のことです」

七十郎は少し、胸を張って答えた。

「そうですかねえ。あの娘だから助けたんじゃありませんか。わたしが捕まっていたらほったらかしだったんでしょうけどね」

「そんなことはありません」

「わたしでも助けてくれるんですか」

お若は七十郎の顔をのぞきこんだ。

「助けます」

七十郎は面倒くさくなって背を向けると厠に向かった。お若が面白そうに笑う声が聞こえた。

(また、からかわれてしまった)

七十郎が苦い顔で厠に入ろうとすると、豪右衛門がいたのでぎょっとした。

珍しく脇差を腰に差して袴をつけている。袴といっても着古したよれよれのものだが、その袴の裾をたくしあげて小用を足していた。

この厠は狭いが、地面に埋められた桶に二人並んで小用をすることができた。七十郎は仕方なく豪右衛門の隣で袴をたくしあげた。

「きょうは、宿場の問屋で帳簿つけの仕事があって行っておった」

豪右衛門が低い声で言うのに、どこで何をしていたかなどどうでもよくて、

「さようですか」

と七十郎は無愛想に応えた。

豪右衛門は、肩をほぐすように首をぐるぐると回しながら言った。

「問屋でも若い侍がひと殺しを取り押さえたというので大層な評判になっておったぞ。お主のことだろう」

「…………」

「なんでも、日ごろから乱暴者で評判の馬方だったそうだな。しかも斧を持っていたというではないか。取り押さえるのは、並大抵の者にできることではない」

「…………」

七十郎がなおも黙っていると、豪右衛門はくっくっと笑った。

「お主、男を取り押さえるのに手裏剣を使ったそうだな。なるほど、藩内一の臆病者だと言われておるお主に刺客を命じるとは妙な話だと思っておったが、そんな技を隠し持っていたがゆえに選ばれたということか」

何という言われ方かと七十郎は憤然とした。

二階の五人は皆、七十郎が手柄を立てたことを面白く思っていないようだ。皮肉ばかりを言われて腹が立った。

「刺客を命じられた増田様は、わたしが手裏剣を使えることをご存じありません」

「知らぬとは表向きだろう」

「いえ、まことのことです。手裏剣はわたしの体を鍛えるために父が稽古をつけただけです。当非力です。それに、豪右衛門殿はおわかりでしょう。わたしはることぐらいはできますが、馬方の松蔵を脅すのがせいぜいです。武芸の心得がある武士にはとても通用しません」

手裏剣は相手の骨を砕くほどの威力がなければ実戦では役に立たない。当たってもすぐに弾き飛ばされてしまう。

七十郎の技では相手に軽傷を負わせる程度である。実際に刀を持った者と立ち合う場合、相手は手裏剣による怪我などものともせず斬りかかってくる。

「それでも、刺客に選ばれたのは何かの技があるゆえだろう」

七十郎はぎくりとした。

増田惣右衛門の屋敷で言われたことを思い出した。

惣右衛門は七十郎が父親の勘左衛門から微塵流の秘技を伝授されたのではないか、と言った。刺客に選んだのは、七十郎に秘技があるのを期待してのことだった。

七十郎は頭《かぶり》を振った。

「そんな技はありません。仮にあったとしても、わたしは使いません」

「どうしてだ」

「さような技を使うのは卑怯だからです」

七十郎はそう言うと袴を下ろして厠を先に出た。

「おい、待て――」

豪右衛門が呼び止めた。

振り向いた時、豪右衛門はお若から大刀を受け取っていた。狭い厠へ入るため、預けていたのだ。袴をつけ両刀をたばさんだ豪右衛門は、髭面の牢人ながら、日ごろの人足姿とは違って武士らしい威厳があった。

「なんでしょうか」

「お主がまことは臆病者ではなく、わしらをだましたのではないか、と皆が疑っておる。昨夜はお主のことを心配しただけに、欺かれたとあっては腹が立つのだ」

「お若さんにも申しましたが、わたしは嘘を言っておりません」

「ならば、懐の手裏剣をわしに打ってみろ」

豪右衛門は厳しい口調で言った。

七十郎は眉をひそめた。

「困ります」

「お主の手裏剣の腕を見れば、わしらをだましたかどうかわかる」

「そのようなことはいたしたくありません」

七十郎は背を向けた。

「なるほど、死んだ親父殿は、きちんと手裏剣を仕込んではくれなかったというわけか。親父殿もたいしたひとではなかったのだな」

豪右衛門が言い終わらぬうちに、七十郎は、振り向き様に懐の棒手裏剣を打った。

棒手裏剣を打つには両足を開いて腰を低く構える。

中指と親指で支えた棒手裏剣を高々と腕を上げて構え、刀で大上段から斬り込むのと同じ気合で打つのである。

七十郎の気合は鋭く、風を切って棒手裏剣が豪右衛門の胸元めがけて飛んだ。

豪右衛門はとっさに刀の柄で棒手裏剣を叩き落とした。棒手裏剣はあっけなく地面に転がった。

七十郎は続けて棒手裏剣を打とうとはしなかった。打っても同じように叩き落とされるだけだろう。

豪右衛門は棒手裏剣を拾って、ぽんと七十郎に放り投げた。

「なるほど、これではひとは殺せぬな」

「そう言ったはずです」

七十郎はにこりともせず、棒手裏剣を受け取り宿に入っていった。

豪右衛門は、七十郎の背を見送りながらつぶやいた。

「あの男、父親の悪口を聞いて、容赦なくわしの胸を狙って手裏剣を打ちおった。臆病なのかそれとも大胆なのか、どちらともよくわからんな。まったく妙な奴だ」

お若がくすりと笑った。

「わたしは初めからわかってましたよ。変なひとだって」

お若はなぜか楽しそうだ。

その夜、七十郎はなかなか寝つけなかった。昼間の松蔵の騒動で興奮したためだけではなかった。

夜になっても雨は降らなかった。雲の切れ間から月光が差している。雨音を聞かないとほっとした。

(明日にも川止めは解けるかもしれない)

そうなれば、川を渡ってくる甘利典膳を討たねばならない。棒手裏剣など役に立たないし、あの秘技を使うつもりはないから、返り討ちにあうだろう。覚悟していても、死ぬのだと思うと、ぞっとした。

朝になるのが怖かった。逃げ出したかったが、そんなことをすれば美祢に蔑まれることになる。それだけは嫌だった。

格子窓から夜空を見上げていると、がさごそと音がした。何だろうと思って音がする方に目を向けた。弥之助の猿の弥太郎が食べ物を欲しがっているのか、あたりの荷を探っている。

七十郎の目を感じたのか、猿は暗闇の中でじっとこちらをうかがっている。七十郎はふと猿がかわいそうになった。

「お前も眠れないのか。こっちへ来い」

七十郎が小声で言うと、猿はゆっくりと近づいてきた。

昼間は弥之助とぴったり一緒にいて、七十郎に見向きもしない猿だが、夜中はさすがにさびしいのかもしれない。

七十郎が両手を差し出すと、おとなしく抱きかかえられた。その時、七十郎の腕に固い物が当たった。

（なんだ――）

探ってみると、猿が何かを持っている。手を出すと猿は持っていたものをおとなしく渡した。八寸（約二十四センチ）ほどの大きさの観音菩薩だった。どこかで見たことがある、と思った。

（徳元さんの観音菩薩だ）

すぐに思い当たった。徳元は厨子《ずし》に位牌と観音菩薩を入れており、昼夜、念仏をあげている。猿は厨子の中から観音菩薩を取ってきたらしい。

「お前はとんでもないことをする。仏罰《ぶつばち》があたるぞ」

七十郎は猿を睨んで小声で言った。言いながら、手に持った観音菩薩が、ずしりと重いのが気になった。

厨子に安置された観音菩薩は真っ黒で木彫りのように見えた。ところが手にしてみると、重さは木のものではなかった。手でこすってみると地肌が出てくる。おかしいと思って窓からの月光にさらして見た。

黒いのは表面に墨を塗ってあるからのようだ。小柄を取り出して少し削ってみた。すると、きらりと黄金色《こがねいろ》に光った。

——金だ
七十郎は息を呑んだ。

観音菩薩は金の塊だったのだ。

(このような仏像をどうして)

木賃宿に泊まるような流れ者の坊主が持っている仏像とは思えない。金の値打ちだけでも相当なものだろう。まして金で作られた仏像だ。由緒のあるものに違いない。どこか大きな寺か大名家にあるべきものだ。

昼間、猪野伝助が言ったことを思い出した。街道筋を荒らす〈流れ星〉という盗賊がいるという。

伝助はこの宿が〈盗人宿〉かもしれない、とも言っていた。

この観音菩薩がどこかから盗まれたものであるならば、徳元が〈流れ星〉なのではないか。

七十郎は壁際で寝ている徳元の痩せて肩がとがった背中を見つめた。

七

翌日は未明から雨がまた降り始めた。

二階の者は皆、格子窓から見える雨をうらめしげに見ながら横になったままだ。しとしとと雨が降る音が体に突き刺さるように感じる。

七十郎は起き上がると、袴をつけて一階へ下りていった。土間まで下りて外をのぞいた。

（この雨はいつになったら止むのだろうか）

七十郎は財布の中味が気になってきた。土間の竈で味噌汁を作っていたお茂婆が、

「また降り出しただろ。川明けはまだ先のことだ」

と嬉しそうに言った。

「しかし、あまり川止めが続くと宿代を払えない客も出てきて、困るのではありませんか」

七十郎が冗談のつもりで言うと、お茂婆はじろりと睨んで、

「二階の連中なんかは危ねえな。あいつら宿代や飯代を踏み倒すかもしれん」

ぶつぶつと言う。宿代は日ごとに払うことになっているが、払いが溜まっている者もいるのだ。さらに、

「あいつらだってわからないし」

と言って、階段下のおさとと五郎、佐次右衛門の三人に目を向けた。

「佐次右衛門さんたちは、そんなことをしないでしょう」

おさとが二階の連中と同じように見られてはかわいそうだ、と思った。

「どんな奴かだなんてどうだっていい。金があるかないかだけだ。あんたがあい

つらの代わりに宿代を払うのか」

お茂婆は遠慮のない言い方をした。七十郎はむっとしたが、何も言い返すことができなかった。

その時、戸口に、笠をかぶった羽織に裁着袴《たつつけばかま》姿の武士が立っているのに気づいた。中の様子をうかがっている。気になって七十郎は戸口まで行ってみた。すると、

「やはり、ここにおられたか」

武士はほっとしたような声を出した。目が細く、四角ばった顔に見覚えがあった。

七十郎に刺客になれと命じた増田惣右衛門の家士で、藤岡庄五郎《ふじおかしようごろう》という中年の男だった。庄五郎は笠をとって土間に入ってきた。雨で着物がすっかり濡れている。

庄五郎は、宿の中をじろじろと見まわした。

「宿を何軒も捜しましたぞ。かような木賃宿におられるとは思いませんでした」

ひどいところにいるものだ、という顔つきだった。

「川止めが長引いておりますので、いたしかたなく」

七十郎は恥ずかしくなって弁解めいたことを口にした。

「さようでございますか。しかし、藩の体面ということもお考えいただきませぬと」

庄五郎は藩を代表しているかのように言う。

「それほど、ひどいとも思いませんが」

七十郎は肩をすぼめた。軽格で貧しい暮らしをしているだけに、木賃宿もさほどみじめには感じないが、庄五郎から見ると違うのだろう。

「ひどうござる」

庄五郎は自信たっぷりに断言した。すると傍らでお茂婆が、

「誰も頼んで泊まってもらっているわけじゃねえ」

と聞こえよがしに大声で言った。

七十郎は、はは、と力なく笑って、

「して、わたしに何用でございますか」

と訊いた。庄五郎はお茂婆を横目でじろりと見た後、宿の外をうかがい、声をひそめた。

「旦那様からお指図がございました」

「増田様から？」

七十郎は緊張した。

（増田様からのお指図とは何だろう）

七十郎の戸惑った様子に、庄五郎は仔細ありげな顔をした。

背にしていた荷を下ろして、中から油紙に包んだ書状を取り出した。

「旦那様からの書状にござる」

庄五郎は重々しく差し出した。七十郎がまごつきながらも受け取ると、

「くれぐれも事を急がれるよう、とのことでございました」

惣右衛門は庄五郎を使いにして督促しているのだ。

（自分は屋敷にいて気楽なものだな）

と思うが、それを口にするわけにもいかない。命令を従順に実行する姿を見せるほかなかった。

「なるべく早くいたします」

七十郎が声をひそめて言うと、庄五郎は笑みを浮かべて、

「吉報をお待ちしておりますぞ」

と言い残してそそくさと帰っていった。

自分が典膳を斬ることができれば間違いなく吉報なのだろう。しかし、逆に斬られて騒ぎを起こし、典膳の帰国を遅れさせるだけでもいいのだろうか、と思いつつ書状を手に二階に上がった。五人はまだ横になったままで、二度寝したのか狸寝入りをしているのかわからないが、起きる気配はない。

窓際に行って書状を開いた。

惣右衛門は案の定、急ぎ甘利典膳を討つことを催促してきていたが、手紙の内容で気になるのは、佐野又四郎《またしろう》の行方がわからない、と書かれていることだ。

（佐野殿が――）

佐野又四郎は馬廻役百五十石、三十過ぎの、痩せて色黒の陰険な男だ。藩内でも屈指の使い手で、城下の無外流《むがいりゅう》道場で代稽古を務めるほどの腕前だった。

「これまで佐野又四郎は目立った動きをしてこなかったが、甘利派に属していたのではないか」

と続く手紙の中で、重要なのは、又四郎が稲垣頼母を襲った刺客の疑いがある、という箇所だ。

七十郎はここまで読んで、はっとした。頼母が斬られた時、供をしていた家士

は刺客について、

――背の高い男

と証言した、と聞いている。

又四郎は瘦せているが背丈は六尺を超している。刺客は頼母を襲って一太刀浴びせた後、そのまま止めも刺さずに姿を消している。頼母を斬った太刀に自信があったのだろうが、傲慢さが感じられる。

(あの時と同じだ)

七十郎は思い出した。去年の夏、大戸《おおと》神社で奉納試合が催された。奉納試合では、城下の五つの剣術道場から代表がひとりずつ出て試合をする。又四郎は他の道場の四人をことごとく破った。

最初の一太刀で相手を撃ち込み、くるりと背を向けて自席に戻ってしまう、というやり方を繰り返した。撃ち込みが浅くて勝負はついていないと文句を言う相手もおり、審判も又四郎の不遜な態度が不快であると顔には出したが、試合のやり直しは命じなかった。

実際、又四郎の技が卓越していることは、誰の目から見ても明らかだった。ゆるやかな動きが一瞬にして電光石火の技に転じた。又四郎が動いたと見えた時には、すでに相手は撃ち込まれているのである。

境内の隅で見物していた七十郎にも、又四郎がどのような技を使ったのか、まったく見届けることができなかった。

試合が始まり、間無《まな》しに気合が境内に響き渡ったかと思うと、又四郎の相手は地面に倒れているのである。負けて自席に引き揚げてきた者が、又四郎の技について、憤然としてまわりの者に話しているのが、七十郎の耳に入った。

「あやつの剣は塡《は》め手ばかりだ。相手にかからせておいて、木刀を蛇のようにからめて、技を仕掛けるのだ。まともに勝負してはこないぞ」

(そんな技を使うのか)

七十郎は妖しい剣の使い手らしい又四郎を畏怖の目で見た。

三人目との試合で、又四郎に追い込まれた相手は後退りして、七十郎がいる見物席の近くにまで来た。

又四郎は、にやりと笑うと間合を詰めて疾風のような素早さで突きを見舞った。木刀はのどを見事に突いていた。二人目の相手が、撃ち込みが浅かったと文句を言ったことに、見せつけるかのような荒業だった。

相手はうめいて血を吐き、見物席に仰向けに倒れ込んだ。下敷きになった者が悲鳴を上げ、見物人たちはどよめいた。

七十郎は思わず、声を上げた。

「のどを突くのは、命に関わりますぞ」

又四郎は背を向けて自席へ戻ろうとしていたが、七十郎の声に振り向いて睨みつけると、

「武士が立ち合えば、いつでも命がけだ。さようなこともわからぬのか」

と蔑むように言った。

四人目の相手に対して、又四郎はさらに苛烈だった。一太刀で相手の肩の骨を砕いたのである。骨の折れる音が七十郎の耳にまで響いた。

倒れた相手に一瞥も与えず、七十郎に嘲るような視線を向けた。

七十郎は、又四郎の中に潜む獣のような残虐さを感じた。他の見物人たちも、又四郎を嫌悪の目で見た。しかし、非難の目にさらされながらも、自席で端座した又四郎は傲然としていたのだ。

稲垣頼母を斬った刺客として、又四郎ほど似つかわしい人物はいないような気がするが、これまで、そんな噂は出ていなかった。

又四郎が狷介《けんかい》な性格で、ひとと交際しなかったためだ。

しかし、惣右衛門の手紙には、

「又四郎は甘利典膳の隠し駒で、ひそかに国許の動きを探らせていたようだ」

と書かれている。又四郎は江戸詰の折に甘利派に属するようになったが、そのことをおおっぴらにしなかった。典膳から、言わば派閥の隠し目付のような役割を与えられていたのだろう、だからこそ稲垣頼母の暗殺という密命も果たすことができたのだ、と惣右衛門は推測していた。

さらに、又四郎が城下から姿を消したのは、惣右衛門が七十郎を刺客として放ったことを察知したからであり、刺客が待ち受けていることを典膳に通報するつもりか、あるいは典膳が帰国する前に刺客を斬ろうとしているのではないか。又四郎の性格からすれば、刺客の存在を注進するだけで満足するとは思えない。刺客が典膳を襲う前に始末して手柄にしたいのではないか、と惣右衛門は見ていた。

七十郎はぞっとした。

典膳を討つことすら自信がないのに、又四郎に狙われたら、とてもかなうはずはない。惣右衛門が何か対策を考えてくれていないか、と思って手紙を読み進んだが、最後に、

——用心するべし
と、簡単に書いてあるだけだ。

（用心してもどうにもならない。藤岡殿に手紙を持たせるくらいなら護衛役も送ってくれればよかったのに）

七十郎は不安を抱いて、愚痴めいたことを思った。

川止めが解けなければ、その間に又四郎がこの宿場にやってくる。庄五郎がしたと同じように、一軒ずつ宿を尋ね歩いて七十郎を見つけ出すことは難しくないだろう。

（そうなれば佐野又四郎と立ち合わねばならなくなる）

七十郎は気が遠くなりそうだった。

又四郎と刀を交えれば、一太刀で斬られるに違いなかった。骸《むくろ》になった自分を想像して、七十郎はぶるっと震えた。

その時、階下から、

「お宿改めでございます」

という宿の主人の声が響いた。横になっていた五人が、むくりと起き上がった。

代官所の役人が宿に不審な者が泊まっていないか調べるのである。いかにも怪しそうな五人が飛び起きたのも当然だ。

「やれやれ、宿改めか。面倒なことだ」

豪右衛門があくびをしながら言った。

「おれは無宿人だからな。また、うるさいことを訊かれるぞ。かなわねえな」

千吉は顔をしかめた。

「それは、わたしだって同じだよ。旅の女はお役人に胡散臭く思われるからね」

お若はうんざりした声で言った。弥之助は猿の首に紐をつけながら、

「まあ、何でも正直に申し上げれば大丈夫ですよ」

と自分に言い聞かせるように言った。

七十郎はこっそり徳元の様子をうかがった。

昨夜、猿の弥太郎が徳元の厨子から引っ張り出した観音菩薩像は、そのままにしておくわけにもいかず、厨子に戻しておいた。

宿改めになれば、厨子の中も調べられてしまう。その時、観音菩薩像が金でできていることに気づかれるのではないだろうか。七十郎は落ち着かない気がした。徳元も心なしか不安げな様子に見える。

(やはり盗賊なのだ)

そう思った時、後方から、しゅるしゅると音がした。振り向いて見ると、お若

が帯を解いていた。薄桃色の長襦袢がのぞいている。

「何をしているのですか」

七十郎は驚いた。

お若はちらりと笑みを浮かべた。

「何って、着崩れしているから直すんですよ。宿改めの時にだらしない格好だと、商売女だと疑われてご詮議が厳しくなりますからね」

「わたしのそばで直されては迷惑です」

七十郎はあわてて目を逸らした。

「部屋の真ん中でやれって言うんですか。皆が見ているじゃありませんか。迷惑だったら、窓から外を眺めていてくださいよ。見たいんだったら、それでも構いませんけど」

「何ということを言うのですか」

七十郎はあきれて窓の方を向いた。

「そうでしたね。お侍さんは奥方にする女じゃなけりゃ、肌は見ないんでしたね」

お若は含み笑いしながら言った。

「当たり前です」

七十郎は窓の外の雨を眺めた。着物のすれ合う音がしばらく続いた。きゅっと帯を締める音がして、

「もういいですよ」

お若の声に、ようやく七十郎は向き直った。ちょうど、役人が三人上がってきたところだった。その中に、昨日も来た猪野伝助がいた。伝助は七十郎の傍らにやって来ると親しげに笑いかけた。

「昨日はご助力かたじけのうござった。本日は盗賊の詮議をいたしており申す。ご無礼をお許しくだされ」

「盗賊が出たのですか？」

「さよう、わが藩の城下に出雲屋という造り酒屋があるのですが、そこの土蔵から金の仏像が盗まれたのです」

「いつです？」

七十郎は徳元の顔をちらりと見てから訊いた。徳元は先ほどとは違って落ち着いた様子で厨子に向かって経をあげている。

「さて、このひと月の間のことでしょうが、しばらく土蔵を開けておらなかった

そうで、よくわからんのです。ひさしぶりに店の者が蔵に入ったら、壁に流れ星と書かれていたそうで」

「流れ星――」

「さよう、昨日もお話しいたしした盗賊ですな。蔵はさほど荒らされておらず、何が盗まれたかわからなかったのですが、主人の角右衛門《かくえもん》が金の仏像が蔵に入っていたはずだ、と言い出しましてな。何せ、出雲屋と言えば、酒造だけでなく、廻船問屋もやっており、このあたりの大地主でもあります。金の仏像のひとつやふたつ、蔵の中に転がっておっても珍しくないのでしょうな」

伝助はひとの良さそうな顔で言って、他の五人を見まわした。

「さて、お前たちの荷を改めさせてもらうぞ」

七十郎は自分の荷を指差した。

「それがわたしの荷物です」

伝助はにこやかに、

「伊東殿の荷を改めるようなご無礼はいたしません。何せ、昨日、ひと殺しの下手人を捕まえていただいたばかりですからな」

と言った。そして、まず豪右衛門に顔を向けた。

「そこもとの荷から改めたい」

どうも人相風体から豪右衛門を一番怪しいと睨んだようだ。

豪右衛門は不満げな声を出した。

「そちらの若侍は放っておいて、わしの荷を改めるのか。これでも両刀をたばさむ武士だぞ」

伝助は豪右衛門の相手をする気はないらしく、無慈悲に答えた。

「武士と言っても牢人であろう」

下役がさっそく荷を改めたが、着替えの下着などだけだ。洗濯をまともにしていないのか、異臭が漂った。

「いかがかな。なんぞ、見つかり申したか」

豪右衛門は笑って訊いた。伝助は顔をしかめて、

「次はお前だ」

と千吉に声をかけた。千吉は神妙な顔つきで長脇差と菅笠、布にくるんだ煙草入れや身の回りの物を差し出した。下役が改めるまでもなく、仏像などの大きな物はなかった。

伝助は千吉を睨み据えた。

「お前は無宿者ではないのか。無宿者が領内に留まることは許されんぞ」

「川止めが解ければ、すぐに出ていきますんで」

千吉はうつむいて、頭を下げた。日ごろの負けん気の強さを見せないのは、よほど役人が苦手なのだろう。

伝助は、胡散臭げに千吉を見ていたが、やおら、弥之助の方を向いた。下役が心得て荷を改める。猿廻し道具の鉦《かね》や太鼓などが出てきた。猿は弥之助の肩におとなしく乗って役人たちの顔をじろじろと見ていた。

伝助は荷には目もくれず、弥之助に向かって、

「近ごろ、代官所や郡奉行所の役人のことをしきりに訊きまわっている猿廻しがいるということだが、その方であろう」

と言った。弥之助はあわてて頭を振った。

「滅相もないことでございます。街道筋の猿廻しはわたしだけではありません。何かのお間違いでございます」

「ほう、そうか。わしはまた、流れ星が役人の動きを探っておると思うたがな」

伝助は疑り深い目で弥之助を見ていたが、ゆっくりと猿を指差した。

「流れ星に荒らされた大店には、時おり、獣のものらしい毛が落ちておるそうな。

ひょっとして猿を使って蔵の鍵を盗み出すなどしておるのではないか」

指差されて、猿がきいっ、と威嚇するように歯をむき出しにした。弥之助は急いで猿を胸に抱いて押さえながら愛想笑いを浮かべた。

「さほどに賢い猿がおりましたら、ここらで商売はいたしませぬ。江戸へでも出て荒稼ぎができましょうから」

「そうでもあるまい。なかなか賢そうな猿ではないか」

伝助が手をのばすと、猿はききぃっとひときわ高く鳴き声を上げて、引っ掻こうとした。

「何をするっ」

伝助は怒って猿を睨んだ。

豪右衛門が大声で笑った。

「猿は手を出そうとすれば引っ掻いたり、嚙みついたりいたしますぞ。恐れ入れ、と言ってもひとに言うようなわけには参りますまい」

伝助は腹立たしげに豪右衛門を見た。

「わしを愚弄する気か――」

豪右衛門はあわてて手を振った。

「とんでもないことです。それよりもお調べを続けられてはいかがか。仏像が盗まれたとあれば、さしずめ、その坊主など怪しゅうござる」

豪右衛門に言われても、徳元は表情も変えず、澄ました顔で経をあげている。

七十郎は胸がどきどきした。

徳元の厨子には表面に墨を塗った金の観音菩薩像が入っている。それを見抜かれれば、徳元はどうするのだろう。

七十郎はこの宿に泊まってから、徳元に不快な思いをさせられたことはなかった。それだけに徳元が引っ括られるとなると、気の毒な気がするが、盗賊なら、それも仕方のないことだ。

伝助も初めから徳元を怪しいと睨んでいたのか、徳元に向き直って、

「その厨子を開けてもらおうか」

とひややかに言った。

徳元は意外そうな顔をした。

「この厨子をお疑いですか」

「そうだ。仏像の隠し場所としては一番ふさわしかろう」

「拙僧は盗みなどいたしませぬが」

「おのれが盗みを働いておると広言する盗賊はおるまい」

伝助は冷笑した。徳元は無表情で、厨子を伝助の前に置いた。

「ご覧くだされ。拙僧が盗賊でないことがおわかりいただけましょう」

伝助はゆっくりと厨子の扉を開けた。中には二つの位牌があるだけだった。

「これは？」

「拙僧の妻と子でございます。十年前にそろって他界いたしました。そのため、世の中に嫌気がさして頭を丸めた次第です」

徳元は悲しげに言った。伝助はううむ、とうなったが、さすがにそれ以上、追及することはなかった。

七十郎は首をかしげた。確かに観音菩薩像は徳元の厨子に戻した。その中にないとすればどこにあるのだろう。宿改めで調べても出てこないのが不思議だった。

「次はお前だ」

伝助はお若を見た。お若はにっこり微笑んだ。

「荷物って言っても三味線ぐらいですよ。それとも素っ裸にしてお調べになりますか」

「何をたわけたことを」

伝助は苦虫を嚙みつぶしたような顔になった。お若がたいした荷物を持っていないのは見ればわかる。

「もうよい」

吐き捨てるように言って、伝助は屋根裏に通じる梯子段を見た。

「あれは何だ」

「飯炊き婆が使っておる屋根裏への梯子でござる」

豪右衛門が答えた。

「怪しいの」

伝助は下役とともに梯子段を上がった。

観音菩薩像をどこに隠したのだろうか。七十郎は首をひねりながら、惣右衛門からの手紙を入れておこうと荷を開いた。すると、下着の下に何か固い物がある。

——まさか
下着をのけてみると、昨夜見た観音菩薩像があった。

（そういうことか）

七十郎はうなった。

宿改めの役人が来た時、お若が着崩れを直すと言って、七十郎の傍らで帯を解いたのは、窓の方を向かせるためだったのだ。

その間に、徳元は観音菩薩像を七十郎の荷の中にこっそり隠した。他の者たちもそれを知っていて黙っていたことになる。

(皆、盗賊の一味なのだ)

七十郎は観音菩薩像を荷の中に包み直すと、五人の目から遠ざけるように背後に置いた。

屋根裏で伝助たちが捜しまわる音がしている。

七十郎は五人を見まわした。豪右衛門は悠然と笑みを浮かべ、お若は素知らぬ顔でそっぽを向いている。徳元はまた経をあげ始めた。弥之助は猿をあやし、千吉は七十郎に目を向けながら長脇差をそばに引き寄せた。

伝助たちが屋根裏から下りてきた。

「何も出てこなかったぞ」

伝助は不満そうに言った。五人は素知らぬ顔で平然としている。

七十郎は緊張したが、観音菩薩像のことは口にしなかった。

伝助は、もう一度、五人を見まわすと、

「宿改めはこれまでだ。しかし、少しでもその方たちが怪しい振る舞いをすれば、

お若が、

「また詮議に参る。覚悟しておれ」

と言い残して引き上げていった。役人たちが出て行くのを窓から見下ろしたお若が、

「うるさい役人だね。二度と来るんじゃないよ」

と毒づいた。豪右衛門は、大きくのびをしながら、

「まあ、これでしばらくは来んだろう」

と、ほっとしたように言った。

「それにしても豪右衛門さん、拙僧が怪しいなどと、わざわざ言うことはないではありませんか」

徳元は恨みっぽく言った。

「あの役人は初めからお前を狙っておった。ああ言ったおかげで早く決着がついたではないか」

豪右衛門は平気な顔だ。弥之助がうなずいて、

「そうですよ。役人はいったん怪しんだら、どうあっても調べるから、あっさり見せてやったほうがいい」

と言うと、千吉が嬉しそうに笑った。

「おまけにうまくごまかせて、よかった」

「千吉さん、よけいなことを言うんじゃありませんよ」

弥之助が千吉を咎めて、ちらりと七十郎に目を走らせた。

「おっと、いけねえ」

千吉は頭をかいた。五人のやりとりを黙って見ていた七十郎は、いきなり訊いた。

「あなた方は流れ星なのですか」

八

豪右衛門が笑い声を上げた。

「その通りだ。わしらは誰が頭《かしら》でも手下でもない。ひとりひとりが盗賊流れ星だ」

他の四人もじっと七十郎を睨んでいる。

「なぜ、わたしの荷に仏像を隠したのです」

「安全な場所はお主の荷しかなかったからな。しかし、お主こそなぜ、見つけた仏像のことを役人に言わなかったのだ」

豪右衛門は興味深そうに訊いた。

「どうしてでしょう。自分でもわかりませぬが、わたしはもうすぐ死ぬ身ですから、他のひとを死なせたくないと思ったからでしょうか」

七十郎は淡々と言った。正直な気持だった。たとえ盗賊とはいえ、わずかな間でも同じ屋根の下で過ごした相手が捕まって、獄門にかけられでもしたら寝覚めが悪い。

豪右衛門は困ったように顔をしかめた。

「わしらはお主に助けられたということになるな」

「この仏像はお役人に渡して、持ち主に戻してもらいます」

七十郎はきっぱりと言った。豪右衛門はあわてた。

「それは困る。わしらは、その仏像を盗んだのではないぞ。奪われておったのを取り戻したのだ」

「盗賊の言い訳など聞きたくはありません」

七十郎は顔をそむけた。

「いや、これは聞いてもらいたい。確かに、わしらはこの十年、流れ星と名乗って盗みを働いてきた。それはその仏像を取り戻すためだったのだ」

「この仏像はあなた方の物だと申されるのですか」

七十郎は信じられないという顔をした。誰をとっても、とても金でできた仏像の持ち主のようには見えない。

「わしらが昔、世話になったある方の持ち物だ。それが何者かによって持ち去られた。わしらはその行方を捜して盗賊になった。そして、ようやく見つけたのだ」

豪右衛門は真剣な表情で言った。

「盗まれた物なら役人に訴えて取り戻すのが筋でしょう」

「出雲屋は大金持で、藩の役人にも日ごろから賄賂を贈っておる。だから、わしらの言うことなど役人は取り上げたりはせん。わしらは蔵に忍びこんで仏像を取り戻し、真の持ち主のところに持っていく途中で川止めにあった。持ち主に戻しさえすれば、もはや盗んだ物だなどとは言わせぬ」

豪右衛門の言葉に他の四人もうなずいた。

「お侍さん、本当の話なんですよ」

お若が言うと、徳元も手を合わせた。

「仏に誓って嘘は申しませんぞ」

千吉が長脇差を握ったまま言った。

「いまさら、あんたに嘘を言っても仕方がねえだろう」

弥之助は猿の頭をなでながら、

「簡単には信じてもらえないかもしれませんがね」

とつぶやいた。

七十郎は迷った。

豪右衛門が作り話をしているのだと思えないこともないが、何となく真実めいて聞こえる。それに、五人でかかれば、七十郎から力ずくで観音菩薩像を取り戻すことは難しくはないはずだ。わざわざ作り話をする必要があるのだろうか。

豪右衛門は膝を正した。

「その仏像はしばらくお主に預かってもらい、その代わり、わしらがお主を助けるということにしてはどうだ」

「わたしを助けると申されるのですか?」

「川止めはまだ続くぞ。解けるのを待つ間に、わしがお主に戦う技を教える。それに、川止めが解けて狙う相手がやってきた時に、逃がさぬためには見張り役もいる。わしらは刺客の助太刀はできぬが、他に役立つことはあるのではないか」

豪右衛門の言葉を聞いて、七十郎は佐野又四郎が自分を狙ってくるかもしれないことを思い出した。

典膳を討つどころか、又四郎の襲撃から身を守る手立てを考えるのが先決だろう。それには、ひとの手助けがいる。しかし、仮にも武士たる者が盗賊の助けなど借りてよいものなのだろうか。

七十郎が考え込んでいると、豪右衛門が膝を乗り出した。

「お主、先ほど書状を読んで青い顔をしておったな。国許から、なんぞ悪い報せがあったのではないか」

「わたしに討手《うって》が差し向けられたようなのです。それも、佐野又四郎という藩でも随一と言っていい使い手です」

七十郎は思わずもらしてしまった。豪右衛門は膝を打った。

「それは大変だ。足止めを食らっている間に討手に襲われてしまうではないか」

「そうなのです」

七十郎はまたしても、又四郎に斬りつけられる自分を想像して、ぞっとした。

豪右衛門は大仰に同意の仕草をして、

「よし、これで決まったぞ。仏像は川明けまで伊東殿に預かってもらう。その代わり、わしらは伊東殿の手助けをするのだ」

と言うのに、四人は同時にうなずいた。七十郎は却って不安になった。いつの間にか盗賊の一味にされてしまっているような気がする。

「いいですか。わたしはあなた方を信じたわけではありませんぞ。あくまで、しばらく様子を見るということです」

七十郎は念を押したが、誰も聞いていない。

「伊東殿と稽古をいたさねばならぬが。どこか良い場所はないかな」

豪右衛門が訊くと、徳元が首をひねった。

「宿場のはずれに使われていない牛小屋があるが、あそこはどうだろうか」

「牛小屋か、ひと目につかぬな。よいかもしれぬ」

弥之助が口を開いた。

「それじゃあ、わたしと千吉さんで討手らしい奴が来てないか、街道筋を見張りましょうか」

「そうだな。徳元とお若は、それらしい奴が宿場に入り込んでいないか探ってくれ」

豪右衛門の指図に皆がうなずいた。

（牛小屋で稽古をするのか）

七十郎はため息をついた。だが、命がかかっていると思うと贅沢も言えなかった。

豪右衛門はその日の午後、宿場はずれの牛小屋に七十郎を連れていった。

板葺きの牛小屋は辛うじて屋根はあるものの、柱は傾きかけ、雨水が流れ込んで地面はぬかるんでいた。柱の傍らに藁が積まれているだけで、がらんとしていて牛糞の臭いがした。ついてきたお若が、

「へえ、こんなところで稽古なんかできるんですかね」

と面白がって言う。

「着物を脱いで、褌ひとつになれ」

豪右衛門は牛小屋の中を見まわして七十郎に言った。

「裸で稽古をするのですか」

七十郎は戸惑った。

「着物を着たままでは、泥だらけになって始末に負えんだろう。裸のほうが雑念に邪魔されず実戦の心構えでやれる」

豪右衛門はそう言うと、すぐに着物を脱ぎ始めた。七十郎も仕方なく褌姿になったが、赤銅色《しゃくどういろ》に日焼けして筋骨たくましい豪右衛門にくらべて、生白い貧弱な体であるのが恥ずかしかった。

お若がくすくす笑いながら見ているのも気になる。

豪右衛門は、いつの間にか木刀を用意していて、七十郎に渡した。

「お主の腕では、ひとを斬れぬ。突き技を覚えるしかないな。遠慮せずに突いてこい」

うながされた七十郎は、十分間合を取って、やあっと声を上げて突きかかった。豪右衛門はカンと木刀を弾き返すと、首筋を押さえて七十郎を転ばした。

七十郎は牛糞のまじった泥の中に倒れた。臭さに顔をしかめた。

「そうではない。腰のあたりで刀を構え、相手に体ごとぶつかるのだ。斬られるのは覚悟のうえで突かねば相手に切っ先は届かんぞ」

「しかし、それでは斬られるほうが先なのではありませんか」

「思い切って、飛び込み、死中に活を求めるのが突きだ。よく言うであろう。身を捨ててこそ浮かぶ瀬もあれとな」

やはり、身を捨てなければ駄目なのか、と七十郎は心細い思いがした。

「何をしておる。休んでおる暇などないぞ」

怒鳴られて、立ち上がった七十郎はまた突きを入れた。同じように木刀を弾かれ、今度は手をつかまれて、投げ飛ばされた。

「どうした。そのようにゆるやかな突きでは女子でもかわせるではないか」

豪右衛門は、倒れた七十郎の裸の尻を木刀で叩いた。うなった七十郎の顔は、泥で真っ黒に汚れていた。

七十郎は口に入った泥を吐き捨てると、立ち上がって、また突いた。その木刀を豪右衛門はむんずと手でつかんだ。さらに腰を入れて七十郎を抱え上げ、放り投げた。

七十郎は宙を飛び、大の字に叩きつけられてうめき声を上げた。さすがにお若が心配になったのか、

「豪右衛門さん、そんなにして大丈夫なんですか」

と声をかけた。豪右衛門は振り向きもせずに、

「ひとを斬ろうというのだぞ。これぐらいでへこたれてはどうにもならん」

と言うと、

――立てっ

と大声を出して、七十郎の脇腹を蹴った。

豪右衛門の稽古はそれから一刻（約二時間）ほど続いた。お若は途中で飽きたのか、それとも見ていられなくなったのか、どこかへ行ってしまった。

七十郎は泥だらけになって息も絶え絶えに倒れていた。豪右衛門もさすがに息づかいが激しくなって、跳ね返った泥で汚れていた。

「お主、剣の腕が上達しなかったというのは、まことだな。これほどできぬとは、わしも思わなかったぞ」

豪右衛門があきれたように言った。

「だ、だから、申し上げたはずです。わたしは、藩で、一番の臆病者だと――」

「剣の腕と臆病かどうかは、別のことだ。これでは、お主にどのような隠し技があったとしても、とても役に立つとは思えん」

「隠し技など、ありませんし、あっても使いませんから、そのことは、忘れてください」

　七十郎は仰向けになって、あえぎながら切れ切れに言った。

　豪右衛門は七十郎の傍らに腰を下ろして笑った。

「お主、どうして、そのように意地を張るのだ」

「意地ではありません。武士には、守らねばならぬことがあると思っているだけです」

「そうか、実はわしは百姓の出でな。江戸に出て、旗本に足軽奉公して剣術を修行し、学問塾にも通って、やがて士分に取り立ててもらった」

　豪右衛門は昔を懐かしむように言った。

　七十郎は倒れたまま豪右衛門の顔を見上げた。

「どうして盗賊になどなったのです」

「同輩に、百姓の出であることから軽んじられ、喧嘩沙汰になり、江戸を出て国に戻ったのだ。百姓でもして食っていこうと思ったが、なんだかんだでそうもいかなかった。そのうち村では食えなくなった。それで、わしは盗賊になった。武士とは何かを守る者をいうのかもしれぬが、わしは守り切れなかったということだ」

豪右衛門は自分を嘲るように笑った。

「それでも、あなたは、世話になったひとのために仏像を取り戻すという思いを、守ったのでしょう」

七十郎が言うと、豪右衛門は驚いたように目を瞠った。

「お主、わしの話を信じたのか」

「まことに疑わしい話ですが、あなたが嘘をつくのなら、もっとうまい嘘をつくはずです。誰も信じようとしないような話だけに本当なのだろうと思いました」

「そうか……」

豪右衛門は鼻をぐずつかせた。


そのころ千吉は、街道の松並木の陰で見張りをしていて、長身で笠をかぶった裁着袴姿の武士が宿場に向かっているのに目を留めた。

討手の佐野又四郎は、背の高い武士だと七十郎が言っていたからだ。

街道は川止めにも拘わらず、行き交う旅人が多かったが、その男は歩き方に隙がなく、何より凄絶な気配が滲み出ている。

（あいつはひとを斬ったことがある奴だ）

千吉はそう感じて、気取られぬよう武士の後をつけ始めた。

空は低く雲に覆われ、小雨が降り続いている。街道から見える山々は薄く青みを帯びて煙《けぶ》っていた。武士は雨に濡れるのも気にならない様子で歩いて行く。

間もなく宿場に入ろうというところに来た時、武士は不意に後ろを振り向き、笠を上げて千吉を見た。鋭く刺すような視線に、千吉はどきりとした。足を止めれば怪しまれると思って、そのまま歩き続けた。武士はなおも千吉の顔から目を離さない。

武士の傍らを通り過ぎた時、千吉は一瞬、ぞくっとした。

（これが殺気というものかもしれねえ）

千吉は冷や汗をかきながらも歩き続けた。

途中で、托鉢をしている徳元に気づいた。徳元は宿場の端に近い旅籠の前で鉦《かね》を鳴らし、経をあげている。

「おれの後ろから来る背の高い武士が、どこへ行くのか確かめてくれ」

千吉はさりげなく徳元に近寄り、その背に素早く囁いた。徳元は素知らぬ顔で経をあげ続けたが、目の端で近づいてくる背の高い武士を捉えた。

千吉は何食わぬ顔で宿場を通り過ぎて、宿に戻ったのは夕刻だった。

裏に行くと徳元が井戸端で足を洗っている。

「徳元、あの侍の行き先はわかったか」

徳元はゆっくりと振り向いた。

「あの時托鉢をしていた旅籠に入っていったよ。あの侍には近づかないほうがいいんじゃないか」

「どうしてだ」

「拙僧の横を通って旅籠に入る時、あのやくざ者の仲間のようだな、と言って笑ったんですよ。通りがかりにお前さんが拙僧に何か言付《ことづ》けたと見破っていたんです」

「そうかい」

千吉は青ざめた。

あの武士にそこまで見抜かれていたとは思わなかった。あの武士が佐野又四郎なら、千吉と徳元は顔を知られてしまったことになる。

どうしたものか、と思っているところに、豪右衛門が七十郎を背負って戻ってきた。井戸端のそばに七十郎を下ろして、

「稽古中に、気を失いおった。水をかけてくれ」

とため息をつきながら言った。千吉が釣瓶《つるべ》で水を汲んだ。

「豪右衛門の旦那、こいつはこんな様《ざま》で刺客なんぞ務まるのかね」

豪右衛門は、ううむ、とうなった。千吉は思い切り七十郎に水をかけた。ぶるっと頭を振って七十郎が意識を取り戻した。

「すみませんでした」

謝る七十郎の顔にはまだ泥がこびりついている。その顔を見ながら、豪右衛門は、

「やはり、ちと難しいかもしれぬな」

とため息まじりにつぶやいた。


その夜、五人と七十郎は車座になって話し合った。千吉が背の高い武士のことを話すと、七十郎は腕を組んだ。

「確かに佐野殿に似ているような気はしますが、背が高い旅の武士はたくさんいるでしょう」

「わたしが旅籠の宿帳を探ってきましょうか」

猿を抱いた弥之助が言った。豪右衛門がじろりと見た。

「やめておけ。もし討手だとすれば、感づかれて怪しまれる。それに、刺客を追って動いているのであれば、宿帳にまことの名を書くような間の抜けたことはするまい。こちらの動きを読まれないようにするのが一番だ」

「だけど、七十郎さんのことはすぐにわかってしまいますよ。この間、ひと殺しを捕まえて、大層な評判になったばかりなんだから」

お若が言うと、豪右衛門は舌打ちした。

「そうであったな。刺客の密命を帯びていながら、ひと殺しを捕まえるような目立つことをするとは、考えられん失態だな」

皆に非難の目を向けられて、七十郎は言い訳をしようとしたが、言葉が出てこない。

何より、佐野又四郎が同じ宿場にいるかと思うと怖かった。

明日にでも又四郎はこの宿を襲って来るのではないだろうか。恐ろしさに体が強張った。

徳元が身を乗り出した。

「しかし、評判になって悪いとばかりは言えますまい。代官所の役人も七十郎さんのことを知っているんだ。討手が七十郎さんを斬れば、詮議は厳しいでしょう。

討手も藩の事情を抱えているのだから、目立つわけにはいかないんじゃありませんか」

「なるほどな。一理ある」

豪右衛門はあごをなでた。

「旅籠に泊まってるお侍のことはわたしが調べてみますよ。女なら近づいても怪しまれないだろうし、七十郎さんのことを聞きまわっているようだったら、代官所の役人が七十郎さんと親しいってことを吹き込んでおきますよ」

お若が思案しながら言った。

七十郎は、徳元やお若がいつの間にか自分を「七十郎さん」と親しげに呼んでいるのが気になった。

(これでは、ますます盗賊の一味のようになってしまう)

と思うが、又四郎の動きを探ってくれるのであれば、文句も言えなかった。

「お若、そうしてもらおうか。弥之助はお若を助けてくれ。討手となるような男だ、油断はできんぞ」

豪右衛門が言うと、お若と弥之助はうなずいた。千吉が膝を進めた。

「おれと徳元さんはどうしたらいいんだい」

「お前たちは顔を見られておるのだ。目立たぬようここで寝ておれ」

豪右衛門にあっさり言われて、千吉はむくれた。

「いいのかい。あいつは、かなり腕の立つ奴だぜ。女と猿廻しじゃ手にあまると思うがね」

豪右衛門は千吉には構わず、七十郎に顔を向けた。

「討手のことはお若と弥之助に任せて、明日からは真剣で稽古をするぞ」

「真剣でやるのですか。それは危なくはありませんか」

七十郎は青ざめた。

「何を言っておる。お主は刺客というきわめて危ないことをしようとしておるのだぞ。木刀で稽古していては埒《らち》があかんではないか」

「それはそうですが」

体の節々が痛いうえに、真剣で稽古などとんでもないことだ。どんな怪我をするかわからない、と七十郎は気落ちした。

翌日の昼下がり、お若は旅籠近くの一膳飯屋にいた。薄汚い店だが、旅人や宿場の人足で客は多い。お若は、

「ひとを待っているんで、しばらくいますよ」

と断って店の隅で燗酒《かんざけ》をゆっくり飲んだ。何人もの客が出入りして飯を食べてはあわただしく出ていったが、武士は姿を見せない。

しばらくして、弥之助が縄暖簾《なわのれん》をくぐって入ってきた。肩に猿をのせている。弥之助は、お若の隣の飯台に背中合せに座った。

「お若さん、やっぱり千吉さんが見た侍が討手みたいだね。七十郎さんのことを嗅ぎまわっている。もうじき、この店にも来ますよ」

弥之助は煮しめと飯を注文しながら小声で言った。

お若は杯の酒を飲んだ。

「そのことを豪右衛門の旦那に報せておくれ。わたしは、ここで侍が来るのを待っているから」

「大丈夫かね。千吉さんが言った通り、あの侍は危なそうな奴だが」

弥之助は眉をひそめた。

「任せてくださいよ。どんな強い侍だって、所詮は男ですよ」

お若は笑った。弥之助が飯を食べ終わって店を出て行くと、入れ違いのように背の高い武士が入ってきた。じろりと店の中を見まわしてから奥の飯台に座った。

むっつりとした顔で飯を注文すると、客の顔を詮議するかのように眺めた。飯を持ってきた小女《こおんな》に、

「この宿場に宿は何軒ほどある」

と訊いた。小女が首をかしげて答えた。

「五軒ですが」

「五軒ともまわったが捜している者がいなかった」

「どんなひとを捜しているのかね」

「若い小柄な侍だ。伊東七十郎という」

小女は少し考えてから、

「ああ、ひょっとして」

と言った。

「知っておるのか」

「宿場はずれの木賃宿に泊まっている若いお侍のことじゃないかね。この間、お手柄を立てたそうだよ」

「手柄だと？」

武士は無表情に訊き返した。

「ああ、なんでも斧を持ったひと殺しが木賃宿に入り込んだそうだけど、その若いお侍が捕まえたんだそうな」

「斧を持った男を取り押さえたのか」

武士は薄《うっす》らと笑った。

「そのお侍のことなら、わたしが知っていますよ」

お若が声をかけた。武士は目を細めてお若を見た。

「伊東七十郎を知っておるのか」

「お名前までは知りませんけどね」

お若は燗徳利を持って立ち上がると、武士の座る飯台に移った。

武士は鋭い目でお若を見た。凍りつくようなつめたい視線だ。お若はぞっとするものを感じながら、微笑んだ。

「わたしも、その木賃宿に泊まっているんですけどね。たいしたおひとですよ、あのお侍は」

「ひと殺しをどうやって取り押さえたのだ。それほどの武辺者とは聞いておらぬが」

武士がさりげなく訊く。

「それは、その場にいなかったから、よく知らないんですけどね。ひと殺しを引き渡された代官所のお役人がひどく感心されて、昨日も宿までお侍に会いに見えましてね」

お若は笑いかけながら杯を差し出して、武士に酒を勧めた。武士は黙って杯を取り、酒を口にした。

お若は何気ない顔で話を続けた。

「代官所のお役人がきょうも来るみたいなんで、わたしは宿に居づらくって、こんなところで暇をつぶしてますのさ」

「そうか、それほど足しげく代官所の者が来るのか」

武士は目を光らせた。お若はもういいだろうと思って、飯台を離れようとした。するとと武士が声をかけた。

「待て、女。まだ話は終わっておらんぞ」

お若は振り向いた。

「わしは佐野又四郎という。お主の名は？」

お若と申します、と答えながらも、お若は戸惑った。又四郎が本名を名乗るとは思わなかったのだ。

「ほう、わしの名を知っているようだな」

又四郎は目を細めてお若を見た。

「いえ、そんなことはございませんよ。初めてお会いした方なんですから」

お若は取り繕って笑ったが、背中に冷や汗が流れた。千吉の言った通りだ。この男は一筋縄ではいかない。

「この宿場に入ってから、わしをつけまわす妙な奴らがおる。先ほども、宿でわしのことを聞きまわっていた猿廻しがこの店から出て行きおった。なんぞあるのではないかと思って入ってみたら、お前が話しかけてきた、というわけだ」

「わたしは、お侍の話をされていたんで、ちょっとお教えしようかと親切心を出しただけですよ、勘ぐられちゃ迷惑ですね」

お若がきっとなって言うと、又四郎はにやりと笑った。

「お前は伊東七十郎と関わりがあるようだ。奴をおびき出す人質になってもらおう」

「なんだって」

「宿には代官所の役人が出入りしているのであろう。ならば、どこか別の場所で会うしかあるまい」

「わたしを人質にしたって、あのひとは来やしないよ」

お若が思わず、口走ると、

「ならば、お前を斬るまでのことだ」

又四郎はせせら笑って立ち上がった。


お若が又四郎とともに一膳飯屋から出てきたのを見て、弥之助はぎょっとした。

相変わらず、小雨が降っている。

又四郎はお若をうながして歩きながら、弥之助の前を通りかかった。その時、

「猿廻し、お前もこの女の仲間であろう。女を斬られたくなければ、宿ではないところでわしに会えと伊東七十郎に伝えろ。どこであろうと、出向いてやるぞ」

弥之助の顔に目もくれず言った。

お若は青い顔をして、又四郎に元気なくついていく。

弥之助はつけようかと思ったが、あきらめた。うっかりついていけば斬られるだけだ。あわてて宿場のはずれにある木賃宿に走った。

宿に着いて二階に駆け上がると、ごろ寝している徳元と千吉を叩き起こした。

「えらいことだ。あの侍にお若さんが捕まった」

「どうしてそんなことになったんだ」

千吉が跳ね起き、徳元もむくりと顔を上げた。

「あの野郎。わたしらの動きに気づいていたようだ。わたしは牛小屋の豪右衛門さんに報せてくるから、お前たちはあの旅籠を見張ってくれ」

「しかし、あいつはおれたちの顔を知っているぜ」

千吉は顔をしかめた。

「顔を知られていてもいまさら同じことだ。それより、お若さんをどこかへ連れていかれたら面倒だ」

弥之助は言い残すと、あわただしく階段を駆け下りた。千吉と徳元も後に続いて外へ飛び出して行った。

弥之助は、雨の中を牛小屋に走った。着物が雨に濡れて背中に張り付いていた。

牛小屋では、豪右衛門と七十郎が、昨日と同様、褌姿で向かい合っている。昨日と違うのは、抜き身の刀を手にしていることだ。

七十郎は体を震わせて、刀を正眼に構えていた。

「豪右衛門殿、突けと言われても無理です」

「さっさとやらんか」

「真剣なのです。突けば命に関わります」

「それほどの突きができなければ、刺客になどなれんぞ。いいから、突け。出来ぬのなら、わしが斬るぞ」

豪右衛門は刀を振り上げた。白刃が光るのを見て、七十郎は悲鳴のような気合とともに突いた。がっ、と刃が嚙み合う音がして青い火花が散った。

七十郎は刀を弾かれて倒れ込んだ。顔が真っ青になり冷や汗が流れた。

「どうした。早く立て」

豪右衛門は刀を七十郎の顔に突きつけた。

「豪右衛門殿、わたしはやはり駄目です」

七十郎は情けない声を出した。

豪右衛門は舌打ちした。

「何を申しておる。まだ稽古を始めたばかりだぞ」

「しかし刃を見ると、足の力が抜けてしまうのです」

あえぎながら七十郎は言った。

「だからこそ稽古をしておるのだ。しっかりしろ」

「それはそうですが――」

七十郎が頼りなげな声を出した時、弥之助が駆け込んできた。

「豪右衛門さん――」

豪右衛門は眉をひそめた。

「どうした？　何かあったのか」

「やっぱり、あの侍が討手だった。まずいことにお若さんが人質に取られた。七十郎さんに会わせろと言うんだ。来なければお若さんを斬ると脅しやがった」

「なんだと――」

豪右衛門は歯嚙みした。

「お若には、あれほど油断するなと言っておいたのに」

「仕方がねえよ。あいつは蛇のような奴だ」

弥之助は頭を振った。

七十郎がよろよろと立ち上がった。あえぎながら、

「弥之助さん、佐野殿をここに案内してください。そうすればお若さんを放してもらえるでしょう」

と言った。豪右衛門は目をむいた。

「馬鹿を言うな。お主には大事な役目があるのだ。どこかに身を隠せ。お若は、わしらが取り戻す」

「ひと殺しを捕まえた後、お若さんから自分が人質になっても助けてくれるかと訊かれて、わたしは助けると答えました。ですから、わたしはお若さんを助けなければなりません」

　七十郎は泣き出しそうな顔で言った。

「そんな約束など、冗談半分に言ったことだろうが。守らんでもよいではないか。やつは必ずお主を斬るぞ。恐ろしくはないのか」

「恐ろしくて、いますぐ逃げ出したいです。でも、男が一度、口にしたことです。約束を守らなければ、お若さんは裏切られたと思うでしょう。わたしはお若さんにそんな思いはさせたくありません」

　七十郎の言葉は、雨音にかき消されそうになりながらも豪右衛門の耳に届いた。

九

雨がひときわ強く降り出した。

道からあふれた水が牛小屋の中まで流れ込んでくる。

その雨の中を、傘もささずに佐野又四郎がお若の腕をつかみ、弥之助の案内で牛小屋までやってきた。後ろから徳元と千吉が恐る恐るついてくる。

皆、頭からずぶ濡れだった。

又四郎は牛小屋の前まで来ると中をのぞきこんだ。

中では七十郎が褌だけの姿で刀を手に立っている。その横に豪右衛門が同じ格好で立っているのを見て、又四郎はつめたい笑いを浮かべた。

「よく逃げなかったな。褒めてやるぞ」

「お若さんを放してください」

七十郎は穏やかに言った。

「よかろう。お前が見つかれば用の無い女だ」

お若は又四郎の手を振り払うと、七十郎に顔を向けた。雨に濡れて肌がいっそう白く見える。

「わたしが人質にされたからって、言うことを聞かなくてもよかったんだよ」

お若は怒ったような口調で言うと、七十郎を見つめた。

「ですが、この間松蔵さんを捕まえた時、自分が人質になっても助けるかとお若さんは訊いたではありませんか。あの時、わたしは助けると言いました」

「だからって、本気に取ることはないじゃないか」

お若はじれったそうに地団太を踏んだ。

「わたしはいったん口にしたことは守ります」

七十郎はぎこちなく笑った。

又四郎は、ふたりの話が耳に入らない様子でじろじろと七十郎を眺めまわしていた。褌だけの姿で刀を手に持った七十郎は、勇ましいようにも滑稽にも見えた。

「そんな格好をして、何の真似だ。そばの男は助太刀か」

又四郎は豪右衛門に視線を走らせた。

「剣術の稽古をしておりましたので、かような姿をしております。このひとは稽古相手というだけで助太刀などではありません」

七十郎はつかえながらも、はっきりと言った。

「ほう、刺客のためのにわか稽古か。無用なことだな」

ぬかるんだ地面に足を取られぬよう足下を確かめつつ、又四郎は牛小屋の中に歩を進めた。豪右衛門を値踏みするように見て、

「伊東七十郎に話があるのだ。外へ出てもらおう」

と言った。豪右衛門はゆっくりと頭を振った。

「外に出れば雨に濡れる。この姿では風邪を引くから出るわけにはいかんな」

「では、軒下にでもおればよい。わしをつけて来た者たちも軒下に入りたかろう」

又四郎は振り向いて、徳元と千吉の姿を確かめると、薄く笑った。

ふたりはぎょっとしたように首をすくめた。豪右衛門が何か言おうとしたが、七十郎が手をあげて止めた。

「皆さん、軒下にいてください。佐野殿とふたりで話がしたいのです」

豪右衛門は、しぶしぶ軒下に移った。お若と弥之助はすでにおり、徳元と千吉も水溜まりに足をつっこみながらあわてて駆け込んだ。

又四郎は、七十郎を小馬鹿にしたような顔で見つめた。

「わしと話がしたいだと」

「稲垣頼母様を斬ったのは、佐野殿ですか」

又四郎は目を細めて七十郎を見た。

「そうだと言ったら、どうする」

「なぜ斬ったのですか」

「知れておろう。甘利様のお指図だ。わしは江戸詰のころ甘利様に請われて派閥に入った。派閥などというものは好かぬが、甘利様は派閥の会合などには出てこずともよい、頼んだことだけをすれば手当をやると言われたのでな」

「手当とは？」

「わかっておろう、金だ」

「金をもらって、稲垣様を斬ったのですか」

七十郎は驚いたように目を丸くした。

「金ではないと思っていたのか」

又四郎は嫌な顔をした。七十郎は怯まず言った。

「甘利様は評判の悪い方ですが、一方で身分の軽い者も登用され、藩政を改革されてきたと聞いております。佐野殿は、そのような甘利様の政事《せいじ》に賛同されて動いたとばかり思っておりました」

「気に入らぬ」

又四郎は吐き捨てるように言った。癇性《かんしょう》らしく苛立ちが顔に表れ、頬がひきつっているのが薄暗い中でもわかった。

「何を怒っておられるのですか」

七十郎は戸惑った。

「お前のその妙な善人ぶりだ。甘利典膳のような見え透いた人間の見かけに騙され、増田惣右衛門のような古狸に利用される。そういうところが気に食わぬ」

又四郎はすっと前に出た。冷酷な顔つきになり、殺気を漂わせている。七十郎はぞくりとして後退りした。

「かかって来い。さもなくば、わしの方から行くぞ」

又四郎が言うと、豪右衛門が大声を出した。

「逃げろ。そいつは本気で斬るつもりだぞ」

しかし、七十郎は逃げなかった。その代わり土の上に膝をついて、手をつかえ、頭を下げた。豪右衛門がため息をつき、お若は目をそむけた。千吉が、

「何をやってるんだ」

と舌打ちした。弥之助と徳元は無表情なままだ。

「どういうつもりだ。いまさら命乞いか」

又四郎は酷《むご》く訊いた。

「そうです。わたしは甘利様を討たねばなりません。できぬことかもしれませぬが、どうせ死ぬのなら、せめて役目を果たして死にたいのです」

七十郎は必死の面持ちで訴えた。

「言い逃れを言うな。この場で命が助かれば、刺客のことなど放り出して逃げ出すのであろう」

「そんなことはありません。わたしは約束をしましたから」

「誰とだ？」

七十郎はうつむいて答えなかった。

「言えぬのか。おおかた稲垣頼母の娘あたりであろう。知っておるか。あの娘は上宮寺に立て籠もっている桜井市之進と言い交わした仲だぞ。この件が無事に片付いたら、市之進は藩の重職に昇る男だ。その時は稲垣頼母の娘は妻となるであろう。お前のことなど見捨てて思い出しもすまい」

又四郎はつめたく七十郎を見据えた。

「さようなことはわかっております」

七十郎は懸命に言うが、顔は血の気を失い声はかすれていた。

「そうか。ならば、わしがお前を斬って、甘利典膳を無事に入国させ、その恩賞に稲垣頼母の娘をもらうというのはどうだ。桜井市之進の命を助けてやると言えば、あの娘なら身を投げ出すだろう。お前の命の代わりにと言っても無理だろうからな」

又四郎はくっくっと笑った。

七十郎は刀を手にゆっくりと立ち上がった。顔面が蒼白になっている。

雨が一段と激しくなって、雨音が牛小屋の中にやかましく響いた。

「そのようなことはさせません」

七十郎はぽつりと言った。

「ほう、やっとやる気になったか」

又四郎はすらりと刀を抜いた。七十郎も震える手で刀を抜く。豪右衛門があわてて声をかけた。

「落ち着いていけ。相手を木偶《でく》人形だと思え」

又四郎は振り向いて口をゆがめた。

「わしが木偶人形に見えるか」

その瞬間、七十郎は気合もろとも突きに出た。

又四郎が振り向いたのは、誘いだった。金属音が響いて、七十郎の刀はあっさり叩き落とされた。

「馬鹿め」

又四郎は七十郎を蹴倒した。七十郎は地面に転がって泥だらけになった。又四郎が刀を振り上げ、

「もはや、これまでだ」

と斬りつけようとした時、七十郎が右手で自分の鬢《びん》をなでた。瞬時に七十郎の手からきらりと光るものが飛んだ。

――ううっ
又四郎はうめいた。両目に針が突き刺さっていた。

「貴様、何をした」

七十郎は立ち上がった。手に刀を持っている。

「針です」

短く答えると突きの構えをとった。

安永年間、伊達家に仕えた上遠野広秀《かどのひろひで》は手裏剣術の名手として知られたが、針を投げて相手の目をつぶす技を工夫した。

広秀は両の鬢に四本ずつ針を差しており、この針を指にはさんで投げ打ち、的を外さなかった。ある時、杉戸に描かれた馬の絵の蹄に針を打てと藩主から命じられ、即座に二本を投げ、二本とも命中させたという。

七十郎が父から教わったのも、護身のため針を投げ放つ技だった。

「おのれ――」

又四郎は目を押さえながらよろめいた。七十郎は雄叫びを上げながら、又四郎の胸を目がけて体ごとぶつかっていった。

瞬間、又四郎は体をかわした。足音と気配で七十郎の動きを察していたのだ。

七十郎は振り向いて、もう一度、突きの構えをとった。目を針でつぶされ、血を流している又四郎は幽鬼の形相だった。

七十郎は恐ろしさで真っ青になっていた。

やあーっ
七十郎が叫んで突きかかろうとすると、又四郎はさっと刀を振り上げた。目は見えなくとも七十郎の動きがわかる。

しかし、その時、稲光がして、あたりが真っ白になった。どかーん、という凄まじい雷鳴が轟く。すぐ近くに雷が落ちたのだ。

「ああっ――」

又四郎は絶望的な声を上げた。雷鳴で七十郎の気配がわからなくなっていた。七十郎は続けざまに雷鳴が響く中、突いて出た。

胸を突かれた又四郎は、もがき苦しみ、血を吐いた。

「ひ、卑怯ぞ」

又四郎は崩れるように泥だらけの地面に倒れた。

七十郎は手が強張り、又四郎を突いた刀の柄から両手を離すのに難儀した。どうにかして刀から離した両手には、又四郎の血がべっとりとついていた。

七十郎は震えながら自分の手を見て、

「わあっ」

とわめき、がくりと膝をついた。

雷の衝撃で、七十郎が又四郎を突いた瞬間を見逃した豪右衛門だが、すぐさま気づいて駆け寄った。

「ようやった。かほどの相手を仕留めるとは、見事なものだ。いまのが、お主の隠し技か」

豪右衛門は勢いよく七十郎の肩に抱きついて言った。

七十郎は激しく頭を振った。目の前に又四郎が血を流して横たわっているのが信じられない。

「わたしは何ということをしてしまったのでしょう。己《おの》が命惜しさに卑怯な技を使ってしまいました」

「何を言う。あれも武芸だ。卑怯なことがあろうか」

七十郎の肩をゆすりながら、豪右衛門は言った。しかし、七十郎はさめざめと泣き始めた。

「泣くことはないではないか。お主は尋常の勝負をして勝ったのだ。誰に恥じることもないのだぞ」

豪右衛門が、どうしたらいいのだろうとおろおろしていると、千吉が声をかけた。

「そんなことより、豪右衛門さん、この死体の始末をつけねえと」

豪右衛門は振り向いて立ち上がった。

「そうだったな。役人に見つかれば面倒だ。手っ取り早く街道筋に埋めてしまおう。千吉は大八車を都合つけてきてくれ。弥之助が穴掘りの鍬《くわ》をどこかから取ってきて、徳元に経をあげてもらえば仏も成仏できるだろう」

豪右衛門はきびきびと指示してから、お若に、

「伊東殿は参っているようだから、宿に連れて帰れ。妙な気を起こさないように見張っていてくれ」

と言うと、手で腹を切る仕草をした。

初めてひとを斬った七十郎が自害しかねない、と案じているのだ。お若がうなずくと、豪右衛門は徳元とふたりで又四郎の死体を外に運び出した。

大八車と鍬を調達するため、千吉と弥之助が宿場に走った。

すべてを洗い流すかのように、音を立てて雨は降り続いていた。

「七十郎さん、早く着物を着て、ここを出なけりゃいけないよ」

お若は七十郎の着物を捜した。そして、着物を着せる前に、手拭いで七十郎の腕や胸についた返り血をぬぐった。

血を拭き取るためにお若が体を寄せた時、七十郎は胸が痛んだ。いましがた又四郎を殺したばかりである。生き生きとしたお若の体の匂いが、何か理不尽なも

のに感じられた。

七十郎の胸に荒々しい感情が荒れ狂って、お若を抱きしめたくなった。口が渇き手が痺れた。

(このひとを抱きしめたい。だけど、それはこのひとを好いているからではない。ひとを斬った恐ろしさから逃れたいだけなのだ)

「わたしは馬鹿だ」

七十郎は声を絞り出してつぶやいた。情けないと思った。女を抱いて恐ろしさから逃れようとしている。こんな情けないことがあるだろうか。

「どうしたんです」

お若が七十郎の胸を拭く手を止めて、そっと訊いた。心持ちまた体を寄せてくる。お若の体の温かさが伝わってきた。七十郎は衝動を必死で抑えた。

「なんでもありません」

頭を振って言うと、お若の手を払って着物に手をのばした。怒ったような顔つきで黙って身繕いをした。お若はその様子をじっと見て、

「七十郎さん、わたしは嬉しかったんですよ」

とぽつりと言った。

「何がですか」

七十郎は袴の紐を結びながら、むっとした声で言った。お若に胸の内を見透かされているような気がした。

「助けるって言った約束を守ってくれたことですよ」

「わたしは臆病で卑怯者です。ですが、せめて自分が言ったことぐらいは守りたいんです」

「七十郎さんは臆病でも卑怯者でもありませんよ」

お若の声はやさしかった。思わず甘えそうになる気持を抑えて、七十郎はつっけんどんに言った。

「先ほど、わたしが針を打ってあのひとの目をつぶしたのを見なかったんですか。まともに勝負しても勝てないから、隠し針を使いました。佐野殿は針を打たれるなど思ってもいなかったでしょう」

袴の紐を結ぶ手が震えた。すると、お若が傍らに寄って手を添え、紐を結んだ。

「すみません」

七十郎は頭を下げた。また、涙があふれてきた。こんなことで刺客など務まるはずがない。美祢にいいところを見せたくて刺客になったのだ。あげくの果てに又四郎を殺してしまった。

お若の手が七十郎の頬に触れて、そっと涙を拭った。

「さっき、わたしを抱きたいと思ったでしょう」

「えっ――」

七十郎は驚いてお若の顔を見た。お若はさびしげな表情をしていた。こんな顔をしたお若を見たのは初めてだった。お若は続けて言う。

「だけど、我慢した。お侍さんですものねえ。わたしみたいな盗人の、汚《けが》れた女を相手にできるわけはありませんよね」

「違います。そんなことじゃありません。汚れているのはわたしの方です。だから駄目なんです。わたしは死ぬのが怖いだけです」

「わたしは構わないんですけどね」

お若は微笑んだ。

「駄目です。そんなことは許されません」

七十郎は首を横に振り続けた。その時、千吉が大八車を引いて戻ってきた。鍬を抱えた弥之助も一緒だった。

「よし、乗せろ」

豪右衛門が短く言って、四人は又四郎の遺骸を抱え上げ、大八車に乗せた。弥之助が上から筵《むしろ》をかけた。

徳元が数珠をまさぐって、

――南無阿弥陀仏
と唱えると、豪右衛門が大八車を引いた。他の者が後押しをして大八車は雨の中を遠ざかっていった。

七十郎は肩を落として大八車をじっと見送った。


豪右衛門は宿場はずれから、さらに八町ほど大八車を引いていった。筵をかけられた又四郎の遺体が大八車の上で揺れた。

大八車の車輪はどしゃ降りでぬかるんだ道にはまりこんで、引くのに難渋した。後ろから押しながら、千吉が、

「なんでおれたちが、あのへっぴり腰の侍のためにこんな苦労をしなくちゃなんねえんだ」

と悪態をついた。

「まあ、何かの縁だろうな」

同じように押しながら、弥之助があきらめたように言った。徳元は又四郎の大小の刀と鍬を抱えてついていきながら、

「御仏のお導きというものでしょうな」

とのんびりした声で言った。

豪右衛門は街道の松並木の傍らで大八車を止めた。

「ここらでよかろう」

と言うと、千吉とふたりで鍬を振るい、松の根方に穴を掘り始めた。雨でやわらかくなった土は、鍬をひと振りするごとに掘り進めることができた。

豪右衛門は鍬を振るいながら、徳元に声をかけた。

「穴が掘れるまで、仏にたっぷり経をあげておけ。恨まれて化けて出られては、かなわんからな」

徳元は言われるままに経をあげていたが、ふと顔を豪右衛門に向けて、

「しかし、この大小はどうするんです。売れば金になるのではありませんかな」

と言った。豪右衛門は白い歯を見せて笑った。

「坊主のくせに欲深なことを言うな。そんなものを売れば、どこで足がつくかわからんぞ。それに仏と一緒に埋めておけば、いずれ遺骸が見つかって掘り出され

た時に身分の証になる。せめてそれぐらいはしてやらねばな」

泥だらけになって穴を掘り終わると、又四郎を大八車から抱え下ろして、刀とともに穴に放り込んだ。その上から土をかぶせていく。

「しかしこいつ、生きていた時は随分おっかなかったが、死んでしまえばあっけないものだな」

千吉が珍しく感慨深げに言った。

「諸行無常と申しますからな」

徳元は数珠をまさぐって経をあげた。弥之助も傍らで神妙に手を合わせる。豪右衛門も合掌すると、

「この男は何人かひとを斬っておる。斬られるのも覚悟のうえのはずだ。いまさら誰を恨むわけにもいくまい」

「だけど、七十郎さんは泣いてたぜ。あれはなぜなんだい。侍だからひとを斬るのは当たり前だろうに」

千吉が訊くと、豪右衛門は苦笑した。

「それが、あの男の困ったところだ。武士にしては情が深すぎ、やさしすぎる。もっとも、それだからこそ、わしらもこんな苦労をして手助けをしておるのだろ

うがな」

豪右衛門の言葉に、三人は何となくうなずいた。七十郎には、どこか放っておけず、思わず手を貸したくなるようなところがある。

降りしきる雨が、埋め戻した土の上を流れ、穴の形跡を消していった。

豪右衛門は、引き揚げるぞ、と皆をうながした。街道を宿場へ向かって引き返しながら、豪右衛門はふと思った。

(あの男、本当に刺客など務まるのであろうか)

ひょっとしたら、七十郎の手助けをまだまだしなければならないのではないか。

「まさか——」

豪右衛門はぶるっと身震いした。

ようやく雨の勢いが収まってきた。

十

その夜、七十郎は寝つけなかった。

又四郎の遺体を始末しに行った豪右衛門たちは夜遅く帰ってきたが、何も言わずに寝てしまった。

皮肉なことに、そのころ雨はぴたりと止んだのである。

七十郎は気持が昂るとともに、恥じ入る心に押しつぶされそうになっていた。

（わたしはやはり臆病者だ）

その思いで胸がいっぱいになってふらふらと起き上がり、階段を下りて裏口から外へ出た。

雨が止み、星が出ていた。

（もうすぐ川止めが解けるかもしれない）

ぼんやりと考えながら、井戸に行き、釣瓶で水を汲んで、ごく、ごくと飲んだ。

すると、又四郎を刺した時の気味の悪い感触が手に甦った。

——卑怯ぞ
という又四郎の声が頭の中に響いた。釣瓶が七十郎の手からするりと抜けて井戸に落ちた。又四郎の最期が脳裏に浮かんだ。

七十郎は、嗚咽した。

「七十郎さん、眠れないんですか」

後ろから女の声がした。

涙をぬぐって振り向くと、おさとが立っていた。おさとの姿は、月の光に照らされている。空を見上げると、満月が輝いていた。

「こんな月を見たのは、ひさしぶりだ」

思わずつぶやいた。おさともそばへ来て、

「お茂婆が言ってました。そろそろ雨があがるころだって」

と言った。

「そうか、もう雨は降らないのか」

口にしてから、七十郎は背筋が寒くなった。

雨が止んで川止めが解ければ、甘利典膳を討たねばならない。いまの自分にこそんなことができるのだろうか。

「雨が止んでも二、三日は川の流れが減らないから、川明けになるのは、ちょっと遅れるらしいけど」

おさとは嬉しげに月を見上げた。

「川明けになれば、佐次右衛門さんと一緒に村へ戻れますね」

「ええ、みんなも一緒に」

「みんな？　五郎坊だけじゃないのですか」

七十郎に訊かれて、おさとはためらったが、やがて小さな声で言った。

「豪右衛門さんたち、二階のみんなです」

「二階のひとたちは佐次右衛門さんと同じ村にいたのですか」

おさとは困ったようにうつむいた。

「このことを知られると、わたしたちに迷惑がかかるからって、豪右衛門さんに口止めされているんですけど」

「あのひとたちが何をしているのか知っているんですか」

おさとはためらいがちにつぶやいた。

「盗みをしているって」

「それで、同じ村の者だとわかると困るのですね」

「違うんです。あのひとたちが泥棒になったのは、村を助けるためだってお祖父ちゃんが話してくれました」

「なんですって」

七十郎は驚いた。その時、豪右衛門が金の観音菩薩像を、

「わしらが昔、世話になったある方の持ち物だ」

と言っていたのを思い出した。

「佐次右衛門さんは庄屋だったころ、金の観音菩薩像をお持ちでしたか」

七十郎が訊くと、おさとは驚いて目を丸くした。

「ご先祖さまから伝わった金の仏像があったそうです。お祖父ちゃんはその仏像を売って大水の被害にあった村を助けようとしたそうです。だけど、誰かに盗られてしまって、いままでも、あの仏像があればって残念がっています」

「そうだったんですか」

七十郎は、豪右衛門たちにかけていた疑いがようやく晴れたと思った。

(あの話は嘘ではなかったのだ)

そう思うと嬉しかった。

佐野又四郎に狙われたことで、五人とは絆のようなものが生まれた気がした。それだけに五人がただの盗賊であって欲しくなかった。

七十郎はおさとに、

「やっと眠れそうだ」

と言って、宿に入った。階段を上がって二階へ行くと、皆疲れ果て、泥のように眠っていた。七十郎が夜具に潜りこむと、

「あの娘《こ》と話して元気になったみたいですね」

驚いたことに、徳元がいるはずの寝床にお若がいた。

「どうして、そこにいるんですか」

七十郎は声をひそめて訊いた。

「豪右衛門さんから、七十郎さんが変な気を起こさないように見張っていてくれって言われているんですよ」

「変な気など起こしません」

「あの娘に声をかけられるまで泣いていたじゃありませんか」

「のぞいていたんですか」

「だって、井戸に身を投げるんじゃないかと思って心配だったんですよ」

「そんなことはしません」

憤然として言った後、七十郎は、

「おさとさんが言っていたことは本当ですか」

と訊いた。お若はため息をついた。

「あの娘、よけいなおしゃべりをして……」

お若はしばらく黙ってから口を開いた。

「わたしと千吉さんは大水の後、村からかどわかされたんですよ。それを助けてくれたのが豪右衛門さんや徳元さん、弥之助さんでした」


十年前――。

豪右衛門は崇厳寺村の寺子屋の師匠で、徳元は徳平《とくへい》という名の百姓だった。弥之助も同じ村の百姓で、お若と千吉は豪右衛門の寺子屋に通っていた。

それぞれ貧しくとも、平和な暮らしをしていた。ところが大水で村がつぶれると運命が狂い始めた。

崇厳寺村が大水の被害にあったのは、柳ケ淵の土手を切ったからだった。下流の田畑を救うための処置だった。大水は村でも低地にあった十軒を押し流した。

あっという間の出来事だった。

　徳平と弥之助はこの時、堤を切る作業に駆り出されていた。柳ケ淵が切られて自分たちの村が大水に襲われると知って、あわてて駆け戻ったが遅かった。すでに水はあふれ、家は濁流に押し流されていた。

　翌日、徳平と弥之助は家族を必死で捜したが、家は屋根まで泥に埋まり、遺体さえ見つからなかった。

　ふたりは田畑を押し流されただけでなく、女房と子供を失ったのだ。涙ながらにふたりとも間もなく村を離れた。

　徳平は頭を剃り、名前を徳元と変えて坊主になった。死んだ女房とふたりの子供の菩提を弔うためだった。弥之助は村を離れ、知る辺《しるべ》を頼って猿廻しになった。猿につけた弥太郎という名は死んだ子供のものだった。

　お若と千吉は百姓の子供だった。寺子屋に通い、豪右衛門を師匠として慕っていた。しかし、大水で親を失った後、行方がわからなくなっていた。

　豪右衛門は、親を失った子供たちを寺子屋に連れてきて保護したが、ふたりの姿が見えないので、泥に埋まった村中を捜した。それでも行方がわからない。

　思い余って、庄屋の佐次右衛門に相談すると、

「どうも、ひと買いが村に入っているらしい」

佐次右衛門は暗い表情で答えた。豪右衛門は目をむいた。

「ひと買いですと?」

「貧しい村には子供を買う連中がやってきます。崇厳寺村のように水害にあって、明日食べるものにさえ困った村は、ひと買いの稼ぎ場所になってしまう。田畑がつぶれ、金に困った親から子を買い、親を失った孤児はかどわかすのです」

お若と千吉はひと買いにかどわかされたのではないか、と佐次右衛門は案じた。

「それはいかん。わしが取り戻してくる」

豪右衛門はそう言うと、寺子屋に集めた子供たちのことを佐次右衛門に頼んで、お若と千吉の行方を捜して江戸へ向かった。村に来たひと買いが江戸から来たらしいということだけが手がかりだった。

江戸への道中で、豪右衛門は、旅の托鉢僧になっていた徳元と猿廻しの修業をしていた弥之助に出会った。

徳元はぼろぼろの僧衣を着て、道端で托鉢をしていた。弥之助も仕込んだばかりの猿に芸をさせながら旅をしていたのだ。

「お若と千吉を連れ戻しに行くのだ。手伝え」

豪右衛門が声をかけると、ふたりは、

「なぜ、わたしらが行かねばならんのです」

と嫌がったが、豪右衛門は説得した。

「お前たちは子を失った親の気持を知っているではないか。お若と千吉の親たちは、自分たちが死んだ後、子供がひと買いにかどわかされたと知ったら、どんな気がすると思う。ふたりを助けるのは、亡くした子供の供養になると思わぬか」

豪右衛門の言葉をふたりはうなだれて聞いていた。やがて徳元が、

「わかりました。死んだ子の供養だと思ってやりましょう」

と言うと、弥之助も、

「そういうことなら、やるしかないな」

と言って渋々ついてきた。

江戸に着いた豪右衛門は、旗本の家士や足軽の知り合いを訪ねて、江戸のひと買いについて聞いてまわった。すると、永年、あちこちの旗本に渡り奉公をしている中間《ちゅうげん》が、

「ひと買いが田舎で仕事をする時は、地元のやくざに通じておるし、役人にも鼻薬をかがせておるものだ。その筋をたぐれば、おのずからわかる」

と教えてくれた。

豪右衛門はその言葉を頼りに、上野藩領内の貸元とつながりがありそうなやくざを探した。

弥之助が猿廻し仲間から聞き込んできて、浅草の駕籠伝《かごでん》というやくざが上野藩領内から江戸に出てきた男らしいとわかった。

駕籠伝は伝五郎《でんごろう》という名で、もとは崇厳寺村にも近い太田村の百姓だったが、博打が好きで村を飛び出た男だった。江戸に出て、しばらく駕籠かき人足をした後、口入れ稼業を始めた。駕籠伝とは屋号である。

伝五郎は口入れ稼業をしながら、もう一方の顔はやくざだった。時おり、上野藩領内にも戻ってくるという。

豪右衛門はすぐに駕籠伝に乗り込んだ。豪右衛門が、徳元、弥之助とともに、

「崇厳寺村からかどわかされてきた子供を知らぬか」

と問い質すと、その場にいた伝五郎はつめたく笑った。四十過ぎの眉が太いでっぷりと太った丸顔の男だった。

「かどわかしとはひと聞きが悪いな。崇厳寺村の餓鬼どもなら何人も預かったが、どの子も親から証文を取ってある。やましいことはないぜ」

伝五郎は長火鉢の前に座って、ふてぶてしく言った。

「だが、親が死んだ子供たちも行方が知れないのだ。親が死んでは証文などあろうはずがない」

豪右衛門は決めつけた。

「冗談言っちゃあいけませんぜ。あの村の百姓はたいがい出雲屋から金を借りていたんだ。あっしは、出雲屋に借金の証文が残っている百姓の子を連れてきただけですぜ。親の借金を子が払うのは当たりめえでしょうが」

伝五郎は嘲笑った。

「出雲屋だと」

豪右衛門は愕然とした。

土手を切って崇厳寺村の田畑を水没させることで、救われた下流の田畑の大地主が、出雲屋角右衛門だったのだ。

出雲屋は犠牲になった崇厳寺村を救うどころか、ひと買いを送りこんで借金を取り立てたことになる。

「おのれ、出雲屋め」

豪右衛門は憤った。

被害にあった村を食いつくそうとする出雲屋を許せないと思った。しかし、伝五郎の前でそんな顔を見せるわけにもいかなかった。

豪右衛門は、さりげなくお若と千吉の居場所を伝五郎から聞いた。

「親戚の者に居場所ぐらいは教えてやらねばならんからな」

伝五郎は疑り深い目で豪右衛門を見ながらも、ふたりがどこに売られたかを話した。

お若は吉原の遊郭で下働きをしていた。まだ十二歳だったから客はとっていなかったが、いずれ女郎にされるのだ。

千吉は川さらい人足の親方に売られ、十歳の身で川の泥を運んでいた。

豪右衛門はまず、川さらい人足の家に押しかけた。徳元と弥之助は店の外に待たせてひとりで乗りこんだ。

薄汚れた半纏に褌姿の人足たちに交じって、小さい体の千吉がいた。豪右衛門が家に入ると、土間にいた千吉は、

「先生――」

と大声を上げて抱きついてきた。真っ黒に日焼けして、体のあちこちに青あざがあった。

「この傷はどうした」

「泥運びが遅いって親方に竹竿で殴られるんだ」

「そうか――」

豪右衛門は、帳場にいた親方らしい坊主頭の男を睨みつけた。

「なんだ、あんたは。いきなり入ってきて、うちの者に声をかけてもらっちゃ困るぜ」

坊主頭の男は苦々しげに言った。

「わしは、この子の寺子屋の師匠だ。この子が村からかどわかされたので、取り戻しに来た」

「何を言ってるんだ。そいつは、おれが金を出して買ったんだ。村に連れ戻したければ銭を払いな」

「払ってもいいが、証文を見てからのことだ」

豪右衛門が言うと、坊主頭の男はせせら笑うように、帳場の木箱から証文を取り出した。

「まことの証文であろうな」

豪右衛門は証文を手に取ると、次の瞬間、引き裂いた。

「何をしやがる」

坊主頭の男は激昂して殴りかかってきた。豪右衛門は男の腕をねじあげると土間に投げ飛ばした。まわりにいる屈強そうな人足は豪右衛門の気迫に恐れをなしたのか、手出ししようとはしなかった。

「こんな証文は偽物だから、破り捨てたまでのことだ。この子は連れて行くぞ」

豪右衛門は言い捨てると家を出た。徳元と弥之助が駆け寄ってきた。

「やっぱり千吉はいましたか」

徳元は嬉しそうに言った。弥之助は家をうかがって、

「早く逃げなきゃ。あいつ、ひとを呼びますよ」

と急かした。

土間に倒れた男は口惜しげに豪右衛門を見送った。

「先生、ありがとうございます」

千吉が礼を言うと、豪右衛門は笑った。

「次はお若を助けに行くぞ」

「お若ちゃんの居場所は知ってるよ。吉原の乙羽屋《おとわや》だ」

「よし、善は急げだ。いまから行こう」

うかうかしていると、川さらい人足の親方が、千吉を連れ去られたと駕籠伝に報せるかもしれない。

豪右衛門は三人を連れて、吉原に向かった。途中、弥之助が豪右衛門に言った。

「何せ相手が吉原の遊郭じゃあ、正面から掛け合ったって相手にされないと思いますよ」

「そうだろうな。だから弥之助が客として上がって、お若に助けに来たと告げてくれ」

「えっ、吉原に上がる金なんてありませんよ」

「何も花魁《おいらん》を買えと言っているわけではない。端女郎《はしじょろう》でいいのだ。とにかく店に入り込まなければ算段がつかん。わしや徳元では店の者が怪しむだろう」

豪右衛門に言われて、弥之助はおっかなびっくり乙羽屋の客になった。相方の女郎がひとの良さそうな女だったので、同じ村の娘が下働きをしているはずだがと打ち明けると、お若を呼んできてくれた。

部屋に来たお若は、弥之助を見てびっくりした。

「どうしてここがわかったんですか」

「豪右衛門さんが、お若ちゃんと千吉を助けるために江戸に来ているんだ」

「ここから逃げられるんですか」

吉原は塀とお歯黒どぶと言われる溝で囲まれている。出入りには大門《おおもん》を通らねばならないが、門の両脇に見張り番の詰所と同心や岡っ引きが詰める番所があって、それぞれが目を光らせている。

「大丈夫だ。五つ半（午後九時ごろ）になったら店の裏に出ろ。豪右衛門さんが待っていて外へ連れ出してくれる」

弥之助はお若に伝えると、怪しまれないうちにそそくさと店を出た。

夜更けにお若が店の裏に出ると、豪右衛門と徳元がいた。豪右衛門は編笠と男物の着物、袴を用意していた。

「これに着替えて、わしの脇差を差せ、武家の格好をしておれば番所でも無理に改めようとはせぬ」

お若は、路地で手早く着替えた。

脱いだ着物は風呂敷に包んで徳元が抱えた。お若が編笠をかぶり、袴をつけて脇差を差すと華奢な体つきの小姓のようにも見えた。

「四つ（午後十時ごろ）に大門は閉まってしまうから、ぐずぐずはできんぞ」

豪右衛門が先に立ち、お若がついていく。その後ろからお若の姿を隠すように徳元が続いた。

番所では岡っ引きがちらりとお若を見たが気に留めなかった。大門で見張るのは女郎の〈足抜き〉を警戒するからだが、まだ少女のお若の体が女っぽくなくて本物の小姓のように見えたからだろう。

大門を出ると、すぐに弥之助と千吉が待ち受けていた。

「千吉ちゃん」

お若は一緒にかどわかされた千吉の姿を見て、涙を流した。

「さあ、江戸に長居は無用だ。村に帰るぞ」

豪右衛門は力強く言った。

しかし、お若は借金のかたに吉原に売られた以上、〈足抜き〉をさせたことになる。

豪右衛門と徳元、弥之助には駕籠伝からの追手がかかった。豪右衛門は追ってきたやくざ三人を斬って退け、半年ぶりに村に戻った。

ところが、帰りついた村では、再建に私財を投げ出して尽力していた佐次右衛門が破産の憂き目にあっていた。

佐次右衛門は村を立て直すため、出雲屋角右衛門を頼ったのだ。

佐次右衛門は金策に困って出雲屋を訪ねた。

崇厳寺村が被害を受けたのは、出雲屋が持っている田畑を救うためだったのだから、助力してくれるのではないかと期待したのだ。

城下にある出雲屋の立派な屋敷を訪ねると、角右衛門は一刻（約二時間）ほど待たせたあげく悠然と出てきた。

五十過ぎの色黒で痩せた男だった。馬面で細い目が油断なく光っている。

「あなたが崇厳寺村の庄屋ですか」

角右衛門はあいさつも抜きに無造作に訊いた。腰の煙草入れから銀煙管を取り出した。佐次右衛門をちらりと見ただけで煙管に煙草を詰め、煙草盆で火を吸いつけた。

「さようでございます。お願いの儀があって参りました」

佐次右衛門は手をつかえて頭を下げた。

角右衛門は上野藩主でもあだやおろそかに出来ないと言われている豪商だった。ひたすら頭を下げて援助を請うしかない。

「先ごろの大水では崇厳寺村は大変だったそうですな」

角右衛門は煙草をふかしながら、素っ気なく言った。

「そのことについて――」

佐次右衛門が膝を進めると、角右衛門はじろりと鋭い目で睨んだ。佐次右衛門はびくりとして言葉が続かなかった。

「崇厳寺村の田畑はつぶれてしまったそうな。しかし、わたしの持っている田畑は無事だった。運が良かったのですな」

自分の田畑が助かったのは運が良かったからだ、という角右衛門の言葉に佐次右衛門の顔が青ざめた。村の者たちが塗炭の苦しみを味わっているのは、出雲屋の田畑を救うために犠牲になったからではないか。

佐次右衛門が蒼白になって唇を震わせると、角右衛門はにやりと笑った。

「しかし、崇厳寺村の皆さんが困っておられるのを見過ごしにはできぬ。どうです、千両ほどご用立てをいたしましょう。もっとも、証文は入れていただかねば困るが」

大名に数万両も貸しつけている出雲屋が千両だけかと思ったが、背に腹は替えられなかった。

「それだけあれば村が助かります」

佐次右衛門は深々と頭を下げた。

その様子を角右衛門はつめたく見下ろしていた。


ところがひと月後、意外なことが起きた。

出雲屋の手代が佐次右衛門の屋敷を訪ねてきて、証文を見せ、

「主人が緊急に金がいることになりまして、ご用立てしました千両をお返しいただきたいのですが」

佐次右衛門は耳を疑った。

出雲屋を訪ねた日、証文を書き、取りあえずということで、千両のうち百両を受け取った。残りの九百両は後で届けるから、ということで、今日か明日かと待っていたのである。痺れを切らして、出雲屋に催促に行こうとしていたところに、手代が訪ねてきたのだ。

「何かのお間違いです。わたしはまだ百両しか受け取っておりません。ご主人にお確かめください」

佐次右衛門が言うと、手代は薄笑いを浮かべた。

「手前どもの主人はただいま大坂に行って留守でございます。手紙で崇厳寺村に

貸した金を取り立てるよう言って参りましたのです」

佐次右衛門はなおも説明をし続けたが手代は聞く耳を持たず、

「三日後にあらためてうかがいますが、千両がなければ、代わりに家財道具などを持っていくしかありませんな」

と言い捨て、帰っていった。

佐次右衛門はすぐに城下の出雲屋に掛け合いに行ったが、やはり角右衛門は留守だと言われて門前払いされた。

三日後、取り立てに来た手代は、藩の役人を連れてきて、立ち会わせた。莫大な金の大名貸しを受けている上野藩では、妙なことだと思っても出雲屋の意向には逆らえなかった。

佐次右衛門がいくら抗弁しても、藩の役人は耳を貸さなかった。

ついには手代が借金のかたとして庄屋屋敷から書画骨董の類を運び出した。角右衛門は、かねてから佐次右衛門の財産に目をつけていたらしい、という噂が流れた。

この時、佐次右衛門が仏間に置いていた金の観音菩薩像が姿を消した。佐次右衛門にとっては、最後の頼みの綱となる物だった。

出雲屋の手代の目にふれぬよう、仏壇の奥深く隠しておいたのだ。

「いつの間に持っていったんだ」

観音菩薩像が無いことに気づいた佐次右衛門は、出雲屋に掛け合いに行った。千両の値打は下らない仏像である。ありもしない借金のかたに取られてはたまらなかった。

しかし、手代は、

「冗談じゃないよ。そんなものは知らない。濡れ衣を着せられては迷惑だ」

と突っぱねるだけだった。

すでに田畑を手放して村民の救済にあたっていた佐次右衛門は、これで何もかも失い破産したのである。

このことを知った豪右衛門は憤った。ところが、江戸の駕籠伝からの訴えで、藩の役人が豪右衛門たちを捕らえに村にやってくることが伝わってきた。

やむなく豪右衛門はお若と千吉を連れて、徳元、弥之助とともに村から逐電することにしたのである。

夜になって村を脱け出した豪右衛門たちが下流の村にさしかかった時、近くに出雲屋の別邸があることを思い出した。

「このままでは、腹の虫がおさまらぬ。角右衛門がおれば、罵ってやりたい」

豪右衛門は四人とともに、出雲屋の別邸に向かった。闇にまぎれて別邸の中庭に忍びこんでみると、座敷は明るく灯が点り、酒宴が催されていた。

角右衛門はいなかったものの、出雲屋の手代と藩の役人たちがにぎやかに酒を酌み交わしている。その最中に、

――貧乏村
――つぶれ庄屋
と、崇厳寺村や佐次右衛門を役人が嘲った。それを聞いて千吉が、

「先生、おれもう我慢できない」

と悔し涙を流した。

「わたしだって許せない」

お若は座敷の明るい障子を睨みつけた。

「わしの女房と子供は、あんな奴らを儲けさせるために死んだのですか」

徳元がうめいた。弥之助が、

「豪右衛門さん、あいつらをなんとかしてやりたいです」

と歯噛みした。

黙って聞いていた豪右衛門が低い声で言った。

「わしも同じだ」

豪右衛門たちは、出雲屋の客人が寝静まったのを見計らって忍びこんだ。座敷では役人たちが、だらしなく寝ていた。

豪右衛門は隣室の刀掛けから役人たちの刀を盗った。刀を盗られては武士の面目がつぶれるからだ。

徳元と弥之助も部屋を探しまわって、金になりそうな掛軸や茶碗を持ち出した。千吉とお若は手代たちの財布や手文庫の中の金を持ち出した。

困っている村のひとびとに分けてやるつもりだった。

豪右衛門たちが、盗んだ品を背に別邸から出てきた時、夜空に星が流れた。

「わしらは、もうどこにも戻れぬ流れ星だぞ」

豪右衛門はつぶやいた。一度、盗みをした以上、もはや引き返せないのだ。

この夜から五人は盗賊流れ星となったのである。

佐次右衛門が、かつて村に寺子屋の師匠がいた、と話していたことを七十郎は思い出した。

佐次右衛門が懐かしそうに口にした師匠とは、豪右衛門のことだったのだ。

「わたしたちは、かたまって動くと目立つので、ひとりで稼いでは、時々、一緒になって盗みをしてきたんですよ」

お若は自嘲するように言った。

「狙う相手は、出雲屋か出雲屋に関わりがある大店、それに出雲屋から金をもらっている役人の屋敷でした。金持は何か盗まれるとすぐに使用人を疑うから、わたしたちの仕業だとわかるように流れ星って書いたんです。そうしたら、あちこちの店で流れ星って書かれることが多くなったんですよ。使用人が店の物を盗んでは、流れ星がやったんだってことにしているわけです」

声を抑えてお若は笑った。

「それで、盗んだ金を村に送っていたんですか」

「全部じゃありませんよ。自分たちが食っていく分は取っていましたよ。でも、いくら送っても焼け石に水でした。なんとかするには、あの金の観音菩薩像を捜すしかなかった。それが、やっと見つかったんです」

「そのことを佐次右衛門さんは知っているんですか」

「宿改めの時に役人が話していたから、わたしたちの仕業だと気づいたんじゃないですかね。でも、ここで佐次右衛門さんに菩薩像を渡したら、盗賊の仲間だと疑われてしまいます。川を渡って崇厳寺村の佐次右衛門さんの家に届ければ、もともと佐次右衛門さんの家宝なんですから、誰にも盗んだ物だなんて言わせませんʼ」

お若は嬉しそうに言った。

「観音菩薩像を届けたら、どうするんですか」

「みんな盗賊から足を洗いますよ。佐次右衛門さんは菩薩像を売って、村を立て直してくれます。そうしたら、わたしたちが盗賊を続けなくてもいいんですから」

「それは良いことです」

七十郎はほっとした。

お若はおかしそうに、くすくすと笑った。

「やっぱり、七十郎さんはひとがいいんですねえ」

「どうしてですか」

「盗賊から足を洗うのは、わたしたちの夢なんですよ。でも、夢なんて叶いっこないってことは、知ってますのさ」

お若の声には哀しい響きがあった。七十郎は胸がつかえた。

「そんなことはありません。あの観音菩薩像が川を渡りさえすれば、夢は叶うんです。わたしが、川明けまで守ってお若さんたちの夢を叶えてあげます」

「きっとですか」

「約束します」

七十郎はきっぱりと言った。

「じゃあ、それまで死なないでくださいよ」

そうか、お若はわたしが自害したりしないように崇厳寺村の話をしたのだ、と七十郎は気づいた。

「指切りしましょうか」

お若が手をのばしてきた。

「そんな子供のようなことをしなくても、わたしは約束を守ります」

七十郎は横になったまま言ったが、お若が小指をからめてくるのを払いのけはしなかった。

お若の「指切った」という小さい声がかわいらしく聞こえた。七十郎の小指にからまったお若の小指が、ひんやりとして心にしみた。

七十郎はそれから間もなく眠りに落ちた。

翌朝、七十郎を起こしたのは、お茂婆の声だった。

「起きとくれ。あんたに客だよ」

驚いたことに、お茂婆は枕元まで来ていた。しかも、いつものように包丁を手にしている。

七十郎はどきりとして飛び起きた。お若や豪右衛門たちはまだ眠ったままだ。

夜が明けたばかりでまだ薄暗い。

「何ですか。こんな早くに」

「だから、客だと言っているだろう」

また、増田惣右衛門の家士藤岡庄五郎が来たのかもしれない。だとすれば、刺客の督励なのだろうか。あるいは、佐野又四郎の動きを探りに来たのか。

「いま、行きますから」

七十郎はうんざりとしながら、袴をつけた。その瞬間、又四郎の死骸を思い出した。

——うっ

途端に、胸が苦しくなって吐き気がした。

あわてて階段を下りると、よろよろとしながら裏の厠まで行った。昨夜は何も食べられなかったから吐きはしなかったが、それだけに気持が悪くなり脂汗が出た。

厠から土間に戻ると、上がり框にへたりこむように腰をかけた。一階ではまだ皆、眠っている。

お茂婆も土間で朝餉の支度を始めたばかりのようだ。竈にも火が入っていなかった。

(誰なんだろうか。こんな朝早くから来なくてもいいだろうに)

七十郎は戸口を見たが、庄五郎の姿はなかった。

「誰もいませんが」

七十郎はお茂婆を振り向いた。

「あんたが、具合悪そうに厠に行くから、驚いて外へ出て行ったんだ。もともと、こんな汚いところに来るようなひとじゃねえからな」

お茂婆は嘲るように言った。どうやら、庄五郎ではなさそうだ。

七十郎は不審に思いながら、外に出てみた。一瞬、目を疑った。ようやく昇ってきた日があたりを照らしている。

朝の光の中に立っているのは美祢だった。

「美祢様――」

七十郎は言葉もなく立ちつくした。

十一

撫子《なでしこ》の草花模様を散らした着物を着た美祢は、手甲《てっこう》、脚絆《きゃはん》をつけて草鞋履きである。杖、菅笠を持ったけなげな旅姿だった。後ろに供をしてきたらしい中年の女中と老僕が控えている。

「美祢様、何事でございますか」

七十郎は駆け寄った。

「お伝えせねばならぬことが出来《しゅったい》いたしました」

あたりをうかがいながら美祢は声をひそめて言った。ひとに聞かれたくないことなのだろう。

「宿で話をうかがいましょう」

七十郎が言うと、美祢はためらった。しかし、他に話ができそうな場所がない。やむを得ないとあきらめた顔をして、

「はい」

とうなずいた。

どんな話なのかはともかく、美祢が訪ねてきてくれたことが七十郎は嬉しかった。先に立って宿に入っていくと、五郎が美祢を見て目を丸くした。

「きれいなひとが来た」

階段下にいる佐次右衛門とおさとに大きな声で言って、五郎は美祢を指差した。おさとがあわてて手をついて挨拶した。

七十郎に言われるまま板敷に上がった美祢は、百姓や町人ばかりが同宿する薄汚れた宿の様子に困惑した表情を浮かべた。七十郎は気づかない振りをして、

「二階へお上がりください」

と声をかけた。それを聞くが早いか、五郎が二階へ階段を駆け上がった。七十郎に女客が来たことをいち早く報せるつもりなのだろう。

七十郎はちょっと得意な気持になった。

豪右衛門たちに美祢のことを話してしまっていたから、美祢の美しさを見せつけて自慢したい気持があった。自分はこのひとのために命をかけようとしているのだ、と胸を張って言いたかった。

ところが、七十郎が階段に足をかけた時、豪右衛門たちがぞろぞろと下りてきた。

「豪右衛門殿――」

七十郎が声をかけると、

「雨が止んだようだ。ひと稼ぎしてくるぞ」

肩が凝っているのか、豪右衛門は首をぐるぐる回しながら言った。

「わたしも稼がなくちゃ、おまんまの食い上げですからね」

お若がつんと横を向いて言う。

やさしかった昨夜のお若はどこに行ったのかと疑うような態度だ。

千吉や弥之助、徳元はにやにや笑いながらふたりについていく。千吉がちらりと美祢の顔を盗み見ただけで、他の者は素知らぬ振りで七十郎の横を下りていった。

（何ということだ。せっかく美祢様と引き合わせてやろうと思ったのに）

七十郎は憤然とした。

そうは思ったが、美祢は他の者に話を聞かれたくない様子なので、誰もいないほうが都合がいい。布団や荷物を手早く片付けて美祢が座る場所を作り、向かい合った。

美祢はしばらく目を伏せていたが、やがて思い切ったように口を開いた。

「きょう参りましたのは、上宮寺党の皆様のことをお報せするためです」

「上宮寺党の方々がどうかなさいましたか」

「ひそかに上宮寺を脱け出し、佐久間兼堂に危害を加えようとなさったのです」

「なんですと――」

七十郎は目をむいた。


桜井市之進ら綾瀬藩の若侍十八人が、藩政改革の建白書を提出して上宮寺に立て籠もったのは、儒学者佐久間兼堂の煽動によるものだった。

甘利典膳に通じていた兼堂は、典膳の意を汲んで反対派を葬ろうと若侍たちを唆《そそのか》した。

市之進たちは上宮寺に籠もってからこのことに気づいたが、兼堂は領内の知人や門弟の家を転々として行方がわからず、どうすることもできなかった。

しかし、典膳の帰国が迫り、このままでは切腹を命じられるだけだと追い詰められた市之進たちの間で、

「佐久間兼堂をこのまま捨て置けぬ」

「どうせ、切腹せねばならぬのなら兼堂を斬ろうではないか」

「それぐらいせねば、無念で死にきれぬ」

という声が高まっているところに、兼堂の居場所がわかったとの報せが入った。

三瀬《みつせ》村の松田久右衛門《きゅうえもん》という庄屋の屋敷に隠れているというのだ。久右衛門は兼堂の門人でもあるところから、匿っているらしい。三瀬村は上宮寺から東へ五里の距離である。

これを聞いて、若侍たちはすぐに三瀬村に押しかけて兼堂を斬ろうと色めき立った。

市之進は、これらの意見に対して、

「われらは建白書を提出し、殿の御裁可をお待ちするためこの寺に入った。みだりに乱暴を働いてはなるまい」

と抑えていたが、無為に日々が過ぎてゆくうち、焦慮に駆られるようになってきた。市之進自身が、

「兼堂を捕らえて、すべてを白状させてはどうだろう」

と言い出した。

市之進の話に他の者は目を光らせてうなずいた。

兼堂に典膳の陰謀を証言させれば、自分たちの命は助かるかもしれないと考えたのだ。市之進たちは藁にもすがる思いになった。

さすがに十八人そろって上宮寺を脱け出すわけにもいかず、市之進はじめ五人が行くことになった。目付の手の者が上宮寺の表門を見張っているだけで、裏門からの出入りは普段と変わらずにできた。

人目を避けて、こっそりと夜更けに脱け出した五人は、一路三瀬村を目指した。

三日月で薄暗い夜道をひたすら駆けた。

庄屋屋敷にたどりついた五人は、いきなり門から押し入った。

「佐久間兼堂を出せ」

怒鳴りながら市之進たちが玄関に踏み込むと、作男《さくおとこ》たちが出てきて、

「泥棒だ。泥棒だ」

と叫んだ。

「わたしたちは泥棒ではない。佐久間兼堂はどこにいる」

大声を上げる市之進に、作男のひとりが天秤棒を振りかざして打ちかかった。とっさに刀を抜いて斬り払うと、腕を斬られた作男は、悲鳴とともに倒れた。これに怒った他の男たちが、

「ひと殺しだ。やっつけろ」

と騒いで天秤棒や鎌で打ちかかり、若侍たちも刀を抜いての乱闘になった。その時、奥から庄屋の松田久右衛門が出てきた。

久右衛門は四十過ぎの沈着な男で、市之進たちが身分のありそうな男たちであることを見て取ると、

「鎮まりなさい。何事ですか」

と一喝した。作男たちは引き下がり、若侍たちもおずおずと刀を納めた。

「夜盗とも思えませんが、何用あって押し込まれました」

久右衛門の問いに、市之進が甲高い声で、

「われらは上宮寺党だ。佐久間兼堂に用がある」

と怒鳴って返答した。久右衛門は顔をしかめた。

「なんと、上宮寺党の方々とは。かつて佐久間先生に師事され、一度は師と仰いだのでありましょう。呼び捨てにするのは感心いたしませんな」

「そのようなことはどうでもよい。兼堂はどこにおるのだ」

「佐久間先生なら、この屋敷の離れにおられましたが、すでに出立されました」

「なんだと。嘘を申すと承知せぬぞ。かばっておるのではないか」

市之進が土足のまま板敷に駆け上がり、他の若侍も続いた。

制止する久右衛門の声に耳を貸さず、市之進は廊下を進んだ。中庭に面した広縁《ひろえん》に出ると、渡り廊下があって、その先が離れになっていた。

「あそこだ――」

市之進たちは離れに向かって突き進んだ。その時、渡り廊下を走って広縁に面した部屋に身を隠した者がいた。白い夜着を着ている。

「こやつ」

逆上した市之進は、兼堂が逃げたものと思い込んで障子越しに斬りつけた。障子が裂け、悲鳴が上がった。若い女の声だ。市之進ははっとわれに返った。

久右衛門が駆けつけて、倒れている女を抱え、

「わたしの娘に何をなさいます」

悲痛な声を上げた。

「なっ──」

市之進が戸惑っている間に、他の若侍が離れに踏み込んだ。しかし、誰もいない。

「おらん。もぬけの殻だ」

若侍のひとりが腹立たしげに言った。久右衛門はきっと睨みつけて、

「だから、申したではございませんか。佐久間先生は、あなた方に狙われているという噂を聞かれて、昼過ぎに出立されたのです。離れには、風邪を引いた娘が寝ておったのです」

「なんだと」

市之進は呆然とした。

五人が村役人によって目付に引き渡され、さらに上宮寺に戻されたのは翌日のことである。

三瀬村の庄屋屋敷を上宮寺党が襲った一件は、郡奉行を通じてすぐに藩に報告された。命に別条はなかったが、久右衛門の娘は肩から胸にかけて斬られ、作男三人も手足に傷を負っていた。

庄屋屋敷に押し入り、その家に住む人々に怪我をさせた罪は軽くなかった。目付は兼堂が城下の油問屋に寄宿していると知って呼び出し、取り調べた。兼堂は市之進たちの行動について、

「なんぞ、思い違いをしておるようでござる」

とひややかな顔で言い退けた。それだけでなく、

「おのれらの野心から起こした騒動を、仮にも師と仰いだそれがしのせいにいたし、罪を逃れようとは、あきれかえった不逞《ふてい》の者たち。決して許せませぬ」

と罵った。

取り調べた目付は兼堂の処分に困り、目付役、鎌田十郎左衛門《かまたじゅうろうざえもん》にお預けということにした。家老の甘利典膳が帰国し次第、上宮寺党の始末を含めて処分を決めようというのである。

鎌田十郎左衛門の屋敷に移された兼堂は、

「甘利様がお帰りになられれば、正しい裁きが行われましょう」

と自信ありげに嘯《うそぶ》いているという。

建白書の一件で立て籠もった上宮寺党に同情する藩内の声は多かったが、三瀬村の事件の顚末を聞いて、かばう者は少なくなった。むしろ、

「夜盗と変わらぬではないか。甘利様の帰国を待たずに斬罪に処すべきではないのか」

という声さえ出たのである。

これにたまりかねた市之進は、上宮寺の庫裏で切腹を図った。市之進の様子に気づいた者が、危ういところで制止したため、腹をわずかに傷つけただけで命は取り留めた。

しかし、このことは却って、市之進たちが切腹を恐れて悪あがきしていると受け取られてしまった。上宮寺党は切腹させるべきだ、という藩内の輿論《よろん》を強めることになったのである。

三瀬村の事件から二日後、美祢は増田惣右衛門の屋敷に呼び出された。

座敷で惣右衛門は、声を低めて言った。

「まことに困ったことになった」

「上宮寺党の皆様のことでございますか」

美祢は身を乗り出した。

「そうだ。甘利典膳の帰国前に腹を切らせろと申す者が藩内に多くなってきた」

「桜井様たちは間違われただけでございます」

「間違いとはいえ、罪もない庄屋の娘を傷つけたことは確かだ。娘の傷はこの後も残るそうな。嫁入り前の娘に傷をつけられた庄屋は、上宮寺党に重い処分が下らねば納得せぬであろう」

「それはそうでございましょうが……」

　美祢は唇を噛《か》んだ。

「わしも、彼の者たちに腹を切らせたくはないのだ。典膳の不正さえ糾弾できれば、佐久間兼堂のしたことも明らかになる。さすれば、庄屋屋敷に押し込んだことに同情の余地は出てくるであろう」

「ですが、そのためには——」

「いかにも、典膳を斬らねばならぬ。ところが、大雨で川止めになり、典膳は戻るのが遅れておる。しかも、厄介なことが起きた。美祢殿は佐野又四郎を知っておるか」

　惣右衛門は鋭い目を美祢に向けた。

「馬廻におられた方ではありませんか」

　美祢は首をかしげた。

「そうだ。無外流の遣い手で藩内でも屈指の腕前だ。佐野は偏屈な男、藩内の派閥には属しておらぬと思われてきた。ところが、どうやら甘利派だったらしい。言わば典膳が藩内に潜ませた隠し目付で、美祢殿の父頼母殿を斬ったのも佐野かもしれぬ」

「まことでございますか」

美祢は目を瞠った。父を斬った者は甘利派だとは思っていたが、はっきりと名前があがったのは初めてだった。

「まだ、はっきりとはわからぬが、その疑いがあるということだ。その佐野が近ごろ、姿を消した。どうも、わしが伊東七十郎を典膳への刺客に放ったことを嗅ぎつけ、典膳を守るために出国したようだ」

「もしや伊東殿を討ちに参られたのでございましょうか」

「恐らくそうであろう。取りあえず、家士を走らせて、そのことを伊東に報せておいた。しかし、気がかりなのは、伊東が並はずれて臆病者であるということだ」

惣右衛門は腕組みをした。

「佐野殿がご自分への討手になったと聞いて、伊東殿はどのように動かれるのでしょうか」

美祢は眉をひそめた。

七十郎が汐井宿で甘利典膳を待ち受けていると、惣右衛門から聞かされていた。たとえ典膳への刺客になろうとも、自分は妻にはならないと、あれほどはっきり伝えたのに、やっぱり七十郎は汐井宿まで行ったのだ。

七十郎という男が美祢にはよくわからなかった。

惣右衛門は苦々しげに言った。

「あるいは、もう逃げておるかもしれん」

「さような方ではないように思われましたが」

と言いながらも、美祢は自信がなかった。無理なことをせずに、逃げたほうが七十郎らしいのではないか。

惣右衛門は腕をほどいて、ぴしゃりと膝を打った。

「それでな、伊東には念押しが必要だと考えた」

「どのようなことでございましょうか」

美祢は眉をひそめた。

「典膳を討ち果たせば、美祢殿と夫婦にして、五百石の稲垣家を継がせてやると、わしは伊東に約束した」

「そのことでしたら、わたくしは、伊東殿が刺客になられましょうとも妻にはなりませぬ、とお伝えしました」

美祢はきっぱりと言った。

七十郎の家を訪ねた夜のことを思い出した。美祢が妻にならないと言うと、七十郎は情けない顔をした。

「しかし、伊東は刺客になったのだ。美祢殿がどのように言われようとも、典膳を討てばそなたを妻にできると思っていることだろう」

「それは、あまりに無体です。軽はずみではございませぬか」

美祢は困惑した。七十郎がもしそんな気持で動いているとしたら、身勝手に過ぎると思った。

「あの男は軽はずみだ。だからこそ刺客に選んだのだが、いかに伊東といえども、佐野に命を狙われていると知れば、逃げ出すかもしれんのう。そうさせぬためには恩賞を前渡しするしかない」

惣右衛門はおもむろに美祢を見つめた。美祢は顔を強張らせた。惣右衛門の言いたいことがわかった。

「わたくしに伊東殿の妻になれとおっしゃいますか」

「そうだ。伊東はいま汐井宿におる、伊東が逃げ出す前に、下世話に言う押しかけ女房になってもらいたいのだ」

美祢は困惑して下を向いた。

顔を上げず考えこんだ美祢に、惣右衛門は厳しい声で言った。

「やってもらわねば、桜井市之進ら上宮寺党の面々は皆、ただちに切腹となり、お父上を斬った者を捜し出して討つこともできぬ。わしもこれ以上、藩内の声を抑えるのは無理なのだ」

美祢はしばらくして顔を上げると、ため息をついて言った。

「わかりましてございます」


七十郎は美祢の顔を悲しげに見た。

「さようなことで参られたのですか」

「申し訳なく存じますが、妻にしていただくまで帰るわけには参らぬのです」

美祢は覚悟を定めたように言った。

七十郎は当惑した。刺客として討つ相手を待っているところに、妻になりたいと押しかけてくるとはどういうことなのだろう。

どうしたものかとあれこれ考えをめぐらしているところに、階段の下り口から五郎が顔をのぞかせているのが見えた。

「何をしている」

声をかけると、五郎は頭をひっこめてばたばたと階段を下りていった。どうも盗み聞きしていたようだ。

「しようのない子供です。叱って参ります」

美祢に会釈して階段を下りた七十郎は、あっと驚いた。稼ぎに出かけたとばかり思っていた豪右衛門やお若ら二階の五人に、おさとまでが加わって車座になり、真ん中に五郎が座って話し込んでいる。

「だからね、あのひとは、七十郎さんのお嫁さんになりたいって言って押しかけて来たんだよ」

五郎が得意げに話している。みんなは感心したようにうなずく。どうやら先ほどから七十郎と美祢の話の内容を五郎に報告させていたようだ。

美祢の供をしてきた家僕《かぼく》と女中は、板敷の隅で困ったような顔をして座っている。

「あなた方は、何をしているんですか」

七十郎が車座になった皆のそばで仁王立ちになって言うと、豪右衛門が頭をかいた。

「いや、稼ぎに出てみたものの、ろくな仕事がなくてな」

「無駄に動きまわってもお腹が空くだけだからね」

お若まで平気な顔をして言う。

七十郎は皆の顔を眺めまわした。

「ひとの話を盗み聞きするのは恥ずかしいことです」

お若がそっぽを向いた。

「でも、よかったじゃありませんか。そのひとのためなら死ねると思っていた女《ひと》が来てくれたんだから」

七十郎が何か言いかけようとするのに、おさとが、

「だけど、思うひとを救うためにお嫁に行かなければいけないなんて、あの方はかわいそうですね」

と遮った。おさとは美祢の立場に同情しているのだろうか。

七十郎は悄然とした。

（わたしの嫁になる、というのはかわいそうなことなのか）

豪右衛門が笑って励ました。

「しかし、念願の花嫁が来てくれたのだ。これで刺客のやりがいがあるというものではないか」

七十郎は頭を振った。

「わたしは美祢様を妻にはいたしません」

「なぜだ。向こうがそうしてくれ、と言ってきておるのだぞ。逃す手はあるまい」

こっそりのぞいて美祢の美しさを見知っていたらしい豪右衛門は、あれほどの美女を袖にする男がいるのが信じられないといった様子だ。

「美祢様には救いたいひとがいるのです。そのひとの妻になるべきです」

「そうかなあ。わしはそう思わぬが」

豪右衛門が急に深刻そうな顔で言ったので、七十郎は驚いた。

「どうしてですか」

「五郎坊から聞いたが、桜井某とかいう若侍は間違えて庄屋の娘を斬ったそうではないか」

そんなことまで盗み聞きしていたのか、と七十郎が睨むと、五郎は首をすくめた。

　豪右衛門はそんなことに構わずに、

「武士とは領民を守るために刀を持っている者だ、とわしは思っておる。ところが、桜井某は自分が助かりたいがために、裏切り者の儒学者を捕らえようとして、罪もない娘に怪我を負わせた。武士として、まことに恥ずべきことだ」

　と続けた。

「それは、そうですが」

七十郎は思わず相槌を打った。

美祢の話を聞いた時、胸の中にわだかまりが湧いた。

それは、豪右衛門が言っているのと同じことを自分も思ったからだろう。だからこそ、美祢に妻になると言われても喜ぶ気にはなれなかったのかもしれない。

「わしは、この宿に来てからのお主を見てきた。お主は臆病で武芸も下手だ。しかし、武士の心得を間違ってはおらぬではないか。桜井某よりもお主の方があの娘の夫にふさわしいと思うぞ」

　豪右衛門が言い終えた時、階段を下りてくる足音がした。車座になっている皆が一斉に振り向いて階段を見上げた。

美祢が蒼白な顔をして階段を下りてきた。豪右衛門の大声が耳に届いたようだ。

七十郎の前に立った美祢は、

「伊東殿、これはどうしたことですか。家中のことを、かようなひとたちにお話しになってよいものでしょうか。しかも藩のために命をかけておられる桜井様を悪く言うなど、とんでもないことです」

となじった。七十郎はあわてて言った。

「そうではないのです。わたしを心配するあまり、口が過ぎたのです」

「このひとたちは何者なのですか」

問い詰められて戸惑っていたが、やがて意を決して七十郎は言った。

「わたしの友です」

「武士たる者が――」

美祢は絶句し、豪右衛門たちは満足そうにうなずいた。七十郎は頭をかいた。

「口は悪いですが、根は良いひとたちなのです」

美祢の表情は硬くなった。

「藩の体面、武家の矜持《きょうじ》というものをお考えください」

たまりかねたように、お若が立ち上がった。

「七十郎さん、あの佐野又四郎って奴を返り討ちにしたって、そのひとに言ってやりなさいよ」

　豪右衛門があわてて手で制した。

「お若、よけいなことを言うな」

　お若は豪右衛門の言葉に耳を貸そうともしない。美祢に向かって、

「あいつはあんたの父親の敵《かたき》らしいじゃないか。そいつを七十郎さんは斬ったんだ。あんたの代わりに敵討をしてくれたひとに偉そうな口を利くんじゃないよ」

　と嘯いた。美祢は息を呑んだ。

「伊東殿、まことですか」

「いや、それは……」

　七十郎はしどろもどろになった。佐野又四郎のことをどう話していいか、わからなかった。第一、藩内でも指折りの腕前だった又四郎が、よりにもよって藩で一番の臆病者の七十郎に斬られたなど、誰も信用するわけがない。

　美祢も信じかねるという顔をしている。どう話したらいいのだろうか、と思っている間に七十郎の額には汗が浮いてきた。

「それは本当ですよ」

口をはさんだのは徳元だった。

「わたしが経をあげて弔いましたからね。間違いありません」

「おれたちも又四郎って野郎の死体を大八車で運んで苦労したんだぜ」

千吉が言うと、弥之助が、

「いまは街道脇の松の下に埋まっています」

と言い添えた。

豪右衛門は、やれやれという顔で、

「尋常な立ち合いのうえでのことだ。隠すにはおよばんのだがな」

と言った。

「あなたという方は……」

美祢は七十郎の顔を戸惑って見つめた。

「まことのお姿をわたくしにもお見せにならなかったのですね」

「そうではないのです」

七十郎があわてて弁明しようとした時、宿に入ってきた者がいた。

「皆の者、下がれ。客人をお連れしたぞ」

声をかけたのは猪野伝助だった。伝助は手を振って板敷にいる者を追い払う仕草をした。百姓や女房たちは、何事だろうと呆気にとられながらしぶしぶ外へ出ていったが、他の者は残った。

伝助はやや広くなった板敷の埃を手で払うと、あわてて表へ出ていった。やがて伝助が先導してきたのは、裕福そうな身なりの町人だった。

色黒で痩せた五十過ぎの男が、あたりを睨みつけながら入ってきた。目が細く、にこりともしない馬面で、贅沢品の絹の羽織を着ている。

後ろには使用人と思われる若い男を三人従えていて、ひとりが大きな絹座布団を抱え、もうひとりは金蒔絵が施された黒漆塗りの煙草盆を手にしている。

伝助が頭を低くして案内しながら、

「出雲屋様だ。無礼があってはならんぞ」

と大きな声で言った。佐次右衛門がはっと身構えて体を起こし、つぶやいた。

「出雲屋がどうして、ここに――」

出雲屋角右衛門は雪駄履《せったば》きのまま平気な顔で板敷に上がった。

「無礼な奴め。履物を脱がぬか」

豪右衛門が怒鳴るが、角右衛門は表情を変えない。

「足袋が汚れる」

と、ぼそりと言った。供の男が大きな座布団を敷いた。雪駄を脱ぎ、膝をそろえて座布団に座った。腰の煙草入れから銀煙管を取り出すと、別の男がさっと煙草盆を差し出した。

宿に誰も居合わせていないかのような横柄な仕草で、ゆっくりと煙草を吸った。皆、固唾を呑んで見ている。

「なぜ、詫びようとしない」

角右衛門が何気ない風に言った。

豪右衛門が片膝を立てて、鋭い目で睨みつけた。

「どうして、わしらが詫びねばならんのだ」

「あんたじゃない。そこの隅にいる佐次右衛門さんに言っているのだ」

角右衛門はそっぽを向いて言った。

「なぜ、お祖父ちゃんが謝らなければならないんですか」

食い入るような目で見つめるおさとに、角右衛門は、

「あんたは佐次右衛門さんの孫か。あんたの祖父さんは十年前、わたしから千両もの大金を借りながら返さなかった。そのうえ、わたしが金を渡さなかったかの

ように言いふらしたんだよ。親切が仇になって、とんだ迷惑をした。その詫びを聞きたくてね」

とつめたい笑いを浮かべて言った。佐次右衛門が半身を起こして、叫んだ。

「何を言う。わしがお前から受け取ったのは百両だけだった。ところが、金の代わりだと言って、お前のところの手代がわしの家から書画骨董を持ち出したんじゃないか」

角右衛門はゆっくりと佐次衛門に顔を向けた。

「まだ、そんなことを言っているのか。借金のかたに持ち出した書画骨董には、たいした値打ちはなかった」

「嘘だ。持っていった分だけでも何百両もの値打があったはずだ。なのに、金の観音菩薩像までわしの屋敷から消えていた」

角右衛門は片方の眉を上げて佐次右衛門を見た。

「ほう、金の観音菩薩像だと。やっぱり、あんたの仕業か」

「何のことだ」

「先日、わたしの店の蔵から金の観音菩薩像が消えた。蔵の壁には流れ星という盗賊の名が書かれておった」

じろりと豪右衛門たちを見まわした。豪右衛門は、角右衛門が何を言い出すのか、と緊張した。

「流れ星はいままでも、あちこちのわたしの店を荒らしまわった。もう堪忍できぬから、お役人に厳しく探索してもらっておったところ、この宿に怪しげな五人がいるとわかったんだよ」

「それが、わしと何の関わりがある」

佐次右衛門はあえぎながら言った。顔が強張り、痩せた手が震えている。

「怪しい奴らがいる宿にあんたもいた。こうなれば一目瞭然だろう」

煙管を口にくわえ、佐次右衛門にひややかな視線を向けた。

「あんたはわたしを逆恨みして金の観音菩薩像を盗み出したんだ。だから、わざわざ取り戻しに出向いて来たんだよ。悪いことはできないもんだねえ、佐次右衛門さん」

角右衛門は嘲るように言った。

十二

「お祖父ちゃんは悪いことなんかしてないやい。悪いのはお前だ」

五郎が立ち上がって大声で叫んだ。握りこぶしにした手が震えている。

「これ、何を無礼なことを言うか。出雲屋様は殿様とも御交誼を結んでおられるお方だぞ」

伝助があわてて、五郎を制した。すると、角右衛門がゆるやかに手を振った。

「何もわからぬ子供のことだ。許しておやりなされ」

薄笑いを浮かべながら五郎を手招きした。

「怒りはせん。こちらへおいで。祖父さんの悪口を言ってしもうた詫びに菓子をやろう」

恐る恐る近づく五郎の手を、素早く角右衛門は握った。

次の瞬間、ぐいと床に押さえつけ、五郎の手に煙管を押しつけた。

「――熱い」

五郎が悲鳴を上げた。

「何をするか」

豪右衛門が怒鳴り声を上げた時、七十郎の手が鬢をなでた。銀色に光る筋が宙を走った。

「――ううっ」

角右衛門が煙管を取り落とした。左手の甲に針が突き立っている。七十郎が鬢に隠していた針を投げたのだ。

「伊東殿――」

伝助がおろおろした声を出した。五郎は泣きながらおさとに駆け寄った。

七十郎は不思議に落ち着いていた。視線をぴたりと角右衛門に当てている。

何事もなかったかのように、角右衛門は手に刺さった針をゆっくりと抜いた。奇妙なものを見るかのように、針をしげしげと眺めた。

それから七十郎を一瞥したが、後は何も言わない。その沈黙を破って、伝助が角右衛門の顔をうかがいながら猫なで声を出した。

「出雲屋様、大丈夫でございますか。怪《け》しからぬ者をきっと叱りおきますゆえ」

「どこの武家だ」

七十郎は臆せずに答えた。

「綾瀬藩の伊東七十郎と申す」

「つぶしてやる」

角右衛門は針を捨てると、煙管に煙草を詰めながらつぶやいた。気負った様子もなく、まるで蚤をつぶすがごとき物言いだ。

「何をですか」

「わかっているだろう。お前の藩だ」

「それは無理かと存じます」

七十郎は平然と言い返した。

「なんだと」

「ご存じでしょうが、わが藩はすでに大坂商人から多額の借金をしております。わが藩がつぶれては大坂商人が困るでしょう。出雲屋殿がどのように富商《ふしょう》と申しても、大坂商人を敵にまわすわけにはいかないのではございませんか」

「利いた風なことを」

角右衛門は七十郎に顔を向けて薄ら笑いを浮かべた。

「わたしは綾瀬藩のご家老、甘利典膳様ともお付き合いがあるのだ。甘利様に大坂商人を紹介したのはわたしだ。甘利様にお前の仕出かしたことを申し上げるだけで、お前は腹を切らなければならなくなるぞ」

「そんな話は聞きたくありませんでした」

「そうだろう。どうだ、恐ろしいか」

角右衛門は意地の悪い表情でじっと七十郎を見つめた。七十郎は頭を振った。

「いいえ。わたしは甘利様を討つよう命じられた刺客です。あなたの話を聞いてしまいましたゆえ、甘利様を討つのは自分の身を守るためということになるではありませんか」

刺客と聞いて、角右衛門はさすがにぎょっとなった。

「おかしなことを言う」

角右衛門はあらぬ方を見ていたが、ふと顔を伝助に向けた。

「こんな奴に構うことはない。佐次右衛門をしょっぴいてもらおうか」

「はあ」

伝助は困ったように佐次右衛門を見た。佐次右衛門は無念そうに唇を噛みしめている。おさとと五郎が、佐次右衛門にすがりついた。

「嫌です。お祖父ちゃんを連れていかないでください」

おさとが叫ぶと、角右衛門は声を立てずに、にっと口を開いた。

豪右衛門が身を乗り出して、

「待て、それはならんぞ。動くこともままならぬ病人であることが見てわからぬか」

と吠えるように言った。

伝助も当惑した顔をしている。

「この年寄りが盗賊とも思えませぬが」

「金の仏像を取り戻すため、人質にするのだ。三日の間に仏像を持ってこなければ、盗賊の一味として牢に入ってもらおう」

角右衛門は無表情なまま言った。

「そのようなことをすれば、佐次右衛門殿の命に関わるではないか」

豪右衛門がどのようにわめこうとも、角右衛門の表情は変わらない。

「そうされたくなければ、仏像をわたしに戻すことだ。あれはわたしの大事な宝なのだよ」

豪右衛門は、ううむ、とうなった。さすがの豪右衛門もどうすればいいかわか

らないのだ。すると、

「金の仏像ならわたしが持っております」

と七十郎が言った。

「そうだったのか」

角右衛門は満足そうに七十郎を見た。豪右衛門とお若、千吉、徳元、弥之助が七十郎を取り巻いた。

「なんということを言うのだ」

豪右衛門は押し殺した声で言う。お若が七十郎の耳元で、

「あいつにだけは渡したくないんです。わかってください」

と囁いた。千吉が、

「七十郎さん、がっかりさせないでくれよ」

と言うと、徳元が七十郎の肩に手をかけて言った。

「冗談もほどほどになされ」

弥之助も猿を抱いたまま、

「どうしたんです。七十郎さんらしくもない」

と声を低めた。猿までが、

――ききいっ
と鳴いた。

七十郎は五人に大丈夫だと目で示して、角右衛門に顔を向けた。

「仏像はわたしが持っていますが、これはさるひとへ届けるために預かったものです。そのひとが自分の物ではないと言われるのであれば、出雲屋殿に届けましょう」

「馬鹿な。その仏像は盗まれたものだと言っておるではないか」

角右衛門は蛇のような目で七十郎を睨んだ。

「そのひとも盗まれたと言っているのです。そのひとのもとには、仏像の由緒書《ゆいしょがき》があるでしょう。それとも、出雲屋殿が由緒書をお持ちでしょうか」

「そんなものはなくとも、わたしの物だ」

角右衛門は傲然として言い切った。

「先ほど、仏像はわたしの宝だ、と言われたではありませんか。それなのに由緒書ひとつ無いとは合点がいきません」

「屁理屈をこねる男だ」

角右衛門は伝助に向かってあごで指図した。

「いかがすればよいのですか」

伝助はおろおろと訊いた。

「聞いていなかったのか。この男も盗賊の一味だと自分で白状したようなものだ。引っ括りなさい」

「しかし、他藩の方でありますし」

「なんだって。わたしの言うことが聞けぬと言うのか」

角右衛門はじろりと伝助を見た。

「いや、決してさような」

伝助は泣きそうな顔になった。七十郎が刺客だと聞いてしまっただけに、他藩のもめ事に関わりたくないのだ。

七十郎は伝助に近寄って、耳元で言った。

「猪野殿、おかしいとは思われませぬか」

「何がでござる」

伝助は顔をしかめた。七十郎に親しげに話しかけられるのは迷惑だった。

「出雲屋殿のような大商人が、たかが仏像一体を盗まれたからといって、このような宿場にまでわざわざ自ら出向いていることがです」

「それは、まあ。それがしも変だとは思いましたが」

伝助はちらりと横目で角右衛門を見た。

角右衛門は聞こえぬ振りをしている。

「出雲屋殿は大名貸しをして、何万両もの金を動かしているはずです。金の観音菩薩像は、いくら高価だといっても、千両ぐらいのものでしょう。出雲屋殿にとってはたいした金ではありません」

「その通りですな」

「自ら出張ってきたのは、観音菩薩像が持ち主のもとに戻れば、十年前に自分がしたことが明らかになってしまうと思ったからではありませんか」

「なるほど」

伝助はごくりとつばを飲み込んだ。

「さらに、出雲屋殿ほどの大店が、たかが千両ほどの仏像を捜しまわるのは、それだけ金繰りに苦しんでいるからではないでしょうか」

「まさか、そのような」

伝助の顔が青ざめた。

出雲屋角右衛門といえば名字帯刀を許され、上野藩の家老とでも対等に口を利くのである。それほどの大商人が金繰りに苦しむなどということがあるだろうか。

「どれだけ大きな金を動かしていようと、金に詰まった店がつぶれるのは早いと聞いたことがあります」

七十郎は伝助の目をのぞきこんだ。嘘を言っているわけではない。綾瀬藩の城下にもかつて加納屋《かのうや》という大きな材木問屋があった。

大名貸しに手を出していたが、ある藩が改易になると大きな損失を出し、たちまち行き詰まった。綾瀬藩が大坂商人に負っている借財も、実は加納屋からの借金が引き継がれたものだった。

加納屋が行き詰まったことを知った大坂商人は、ひそかに話をつけて、加納屋からの借金の証文を書き換えさせたのである。

この交渉を担当したのが、甘利典膳だった。

七十郎は典膳が大坂商人と癒着していると増田惣右衛門から聞いた時、かねてからの噂を思い出していた。加納屋が綾瀬藩に貸していた借金の証文を手に入れるため、大坂商人は典膳と手を組んだというのだ。

それ以降、綾瀬藩では、苦しくなると典膳が大坂商人から金を引き出すのを待つほか財政を維持する方法がなくなった。

典膳はこうして出世の階段を駆け昇ったのだ。

「出雲屋が傾くと上野藩は大変なことになるのではありませんか。早々に調べて借用書を引き上げなければ、いつの間にか大坂商人の手に証文が渡ってしまうことになりかねません。そうなれば、大坂商人からの借財にされてしまいます。そうさせぬよう、いち早く動かれたほうがよいと思われますが」

伝助はううむ、とうなった。

出雲屋が危機に陥っているのなら、それにつけ込んで闕所《けっしょ》にしてしまえば藩の借金を無くすこともできる。そのことを探り出してうまくやれば、これほどの手柄はないだろう。どれほど出世できるかわからない。

伝助は疑いの目で角右衛門を見つめた。

角右衛門がゆっくりと立ち上がった。

「とんだ茶番だ。でたらめな話をこれ以上、聞きたくない」

と言った角右衛門の顔は、心なしか青ざめていた。

板敷に脱いでいた雪駄を履こうと足を出した。

その瞬間、雪駄に二本の針が突き立った。角右衛門は息を吞んで足を止めると、七十郎の方に振り向いた。

「ここはひとが寝起きする場所です。土足で歩く無礼は許されません。二度とここには来ないでください」

七十郎は静かに言った。

角右衛門は唇をぶるぶると震わせたが、何も言わず板敷を足袋で歩いた。足袋が埃で汚れた。供の男があわてて懐から新しい雪駄を出して土間に置いた。

その雪駄を履いた角右衛門は、振り向きもせず出ていった。供の男たちが煙草盆と座布団を持ってついていく。

伝助は七十郎に頭を下げてから、角右衛門の後を追った。

豪右衛門たちが歓声を上げて七十郎を取り囲んだ。

「いやあ、たいしたものだ。見直したぞ。伊東殿――」

豪右衛門が、どんと肩を叩くと、七十郎はふらりと倒れた。

「七十郎さん、どうしたの」

お若がとっさに支えたが、七十郎は青い顔で気を失っていた。出雲屋が恐ろしくて、緊張しすぎたのだ。

布団に寝かされた七十郎が意識を取り戻したのは、一刻ほどしてからだった。

はっと気がつくと、お若とおさと、それに美祢までが布団のまわりにいた。豪右衛門たちは隅で所在なげに寝転がっている。

七十郎は恥ずかしそうに体を起こすと、

「面目ありません。お世話をかけました」

と頭を下げた。お若が笑った。

「何言ってるんですか。出雲屋を追い払ってくれて、みんなありがたがってますよ」

「お祖父ちゃんも、出雲屋に思い知らせてやることができたって、涙を流して喜んでいました」

おさとが嬉しげに言った。

「出雲屋の様子を見ると、七十郎殿のおっしゃったことは当たっているような気がいたします。いずれ闕所になるのではないでしょうか」

と言った美祢の顔を、七十郎はじっと見つめた。

「美祢様、出雲屋が参った時申し上げようとしていたことなのですが、わたしはあなたを妻にすることはできません。このままお帰りください」

美祢の顔が強張った。

お若とおさとは目を伏せた。

「なぜそのようなことをおっしゃるのですか」

七十郎は困惑した顔を美祢に向け、ためらいがちに言い出した。

「わたしは美祢様に、ここにいていただきたくないのです」

美祢が悲しげにうつむいた。

「わたくしをお嫌いでしょうか」

「いえ、そういうことではありません。わたしはこの宿に来てわかったのです。藩政を担う武士が私欲で不正を働けば、どれほど領民を苦しめるかということを。佐次右衛門さんもここにいるひとたちも皆、苦しい思いをしてきたのです」

「七十郎殿のおっしゃることがわかりません。だからといって、どうしてわたくしがここにいてはいけないのでしょうか」

「わたしは甘利典膳を討とうと思います」

「それならばなおのこと、わたくしはここにおります」

美祢は膝を乗り出して、七十郎を真剣な眼差しで見つめた。

「典膳を討つのは、増田様から命じられたからではないのです。まして、稲垣家の五百石のためでも、美祢様のためでもありません。わたしは不正によって苦しむ領民のための刺客になりたいのです」

「七十郎殿――」

「ですから、美祢様にいていただきたくないのです」

「わたくしは心得違いをしていたのでしょうか」

美祢はうなだれた。美祢がこんな表情を見せるのは初めてのことだった。七十郎は思わず目をそらせた。

「わたくし、先ほどお若さんから出雲屋とこの宿に泊っている方々との経緯をうかがいました。七十郎殿がどのような思いを抱かれて、何をされたのかがわかりました。そして、まことはどのような方なのかを知らずにいたのだと悟りました」

「…………」

「わたくしはいままで家中の方としか話したことがなく、このようなところで、いろいろな方と交わることがありませんでした。ですから、ひとの思いの真実を見分けることもできませんでした。そのことを恥ずかしく思っています」

美祢が真情を込めて言うのに、七十郎は頭を振った。

「以前もいまもわたしはまったく同じです。藩で一番の臆病者であることに変わりはありません」

「わたくしはそうは思いません。七十郎殿には勇気がおありだと思います」

美祢の声が震えた。

お若がそっと立ち上がると、豪右衛門たちに階下に下りるよう、目でうながした。おさとも続いて七十郎の傍らを離れた。七十郎と美祢の話を、これ以上聞いていてはいけない、と思ったのだ。

二階には七十郎と美祢だけになった。しかし、ふたりの口から言葉は出なかった。重苦しい沈黙が続いた後、美祢はぽつりと言った。

「やはり、わたくしがここにいることは許していただけないのでしょうか」

「美祢様にふさわしい場所だとは思えないのです」

「わたくしは七十郎殿を――」

美祢は何か言いかけたが、そのまま目を閉じた。一筋の涙が頰をつたった。七十郎は黙ってうつむいている。

この日の夕刻、七十郎は巨勢川の河畔に立った。

すでに雨はあがり、川の水量も減り始めていた。日が鹿伏山の端に落ちかかり、棚引く雲は黄金色に輝いていた。水面は朱色にきらめき、河畔の葦も朱く染まっている。

明日には川止めが解かれ、川明けとなるだろう。そうなれば甘利典膳が川を渡ってくる。その時、自分は典膳を討てるだろうか。

七十郎が拒み通したため、美祢は宿を出て綾瀬藩に戻っていった。その悲しげな後ろ姿を見送った時、七十郎は深く後悔した。あの美祢が妻にと言ってくれたのに、なぜ拒んだのだろう。

生涯でただ一度の幸運を取り逃がしたような気がする。自分は、五百石や美祢のための刺客でいることが嫌だっただけなのだ。

何か大切なもののために刀を抜かなければならないと思った。豪右衛門やお若、佐次右衛門、おさと、五郎たち皆の顔を思い浮かべて刀を抜きたかった。

（わたしは武士だ――）

七十郎は河畔の小高くなっているあたりに腰を下ろした。

夕方の風が心地好い。

山の連なりから河畔まで目を移すと、日の陰りにともなって夕闇が忍び寄り、次第にあたりが黒ずんでくる。先ほどまでの鮮やかな夕景が夜の暗さに呑みこまれていく。

七十郎は死の淵へと引き込まれるように感じて心が沈みかけた。

その時、

「七十郎さん」

おさとの声がした。

振り向くとおさとが心配げな顔をして立っている。

「どうしたんです、こんなところで。夕餉も食べに来ないので、お茂婆さんが片付けができないって怒ってましたよ」

「そうか、戻らなければ」

七十郎はそう言いつつ、腰を上げようとはしなかった。おさとがそばに座った。

「美祢様のことを考えてらしたんでしょう」

「いや、そんな――」

「図星だって、顔に書いてあります」

「そうだろうか」

七十郎は思わず顔をなでた。

「わたしは、最初、美祢様のことを威張った嫌な女のひとだと思いました。でも、そうじゃなかったんですね」

「そうです。美祢様はそんな方ではありません」

七十郎はぼんやりと川を見つめた。

「美祢様は、七十郎さんがどんなひとかわかるのが遅かっただけだと思います」

「そうでしょうか」

「美祢様は、最初は誰かのために七十郎さんの奥方様になろうとしたのかもしれませんけど、途中で気持が変わられたんです。七十郎さんから、ここにいて欲しくないって言われた時、本当に悲しそうな顔をされていました」

おさとの声には真実味があった。

「わたしみたいな男を美祢様が本当に好きになるわけがありません。もし、そうだとしたら、それは束の間の気の迷いです」

七十郎は頭を振った。

「どうしてそう思うのですか」

「身分は軽格ですし、臆病者で武芸はからっきし駄目です。学問もたいしたことはありません。わたしには取り得が何もないからです」

「だけど、そんな七十郎さんを美祢様は好きになられたのだ、と思います」

おさとはそう言うと、小さな声で、

――わたしもです
とつけ加えた。

七十郎は、どきりとした。しかしすぐに、空耳だったのだろう、と思った。自分がそんなことを言われるはずはない。それに、明日には甘利典膳を討ちに参らねばならない。おそらく返り討ちにあって死んでしまうだろう。おさとに好きになってもらうわけにはいかないのだ。

七十郎が黙りこむと、おさとは笑顔で口を開いた。

「七十郎さん、川明かりって知っていますか」

「川明かり？　知りません」

「もうじき川明かりが見えます。日が暮れて、あたりが暗くなっても川は白く輝いているんです。ほら――」

おさとの言葉通りだった。

空は菫色《すみれいろ》で雲はまだ薄紫に染まっているが、山裾から川岸にかけては薄闇に覆われていた。だが、墨を塗ったかのような景色の中に、蛇行する川だけがほのかに白く浮き出ている。小波《さざなみ》が銀色に輝き、生きているようにゆったりと流れていた。

　川そのものが光を放っているかのようである。

（まるで、黄泉の国を流れるいのちの川だ）

　七十郎はそんなことを思いながら、茫然として見つめていた。なぜか、心が温まるような眺めだった。

「お祖父ちゃんがよく言うのです。日が落ちてあたりが暗くなっても、川面だけが白く輝いているのを見ると、元気になれる。なんにもいいことがなくっても、ひとの心には光が残っていると思えるからって」

「佐次右衛門さんがそんなことを」

　佐次右衛門が経てきた苦しみはどのようなものだったのだろう、と思った。ひとの心を信じられなくなった時もあったことだろう。

「大水のおかげで、お祖父ちゃんは家屋敷もお金も何もかも無くしてしまって、わたしの親は城下に出て八百屋をしなければならなくなりました。村にはお祖父ちゃんのような年寄りや行き場の無い女の人、子供たちが残っていたんですが、あのひとたちは、村のためにお金や食べ物を届けてくれたんだそうです」

「あのひとたちとは豪右衛門さんたちのことですか」

七十郎はおさとに顔を向けた。

おさとの鬢のほつれ毛が川風に揺れている。

「ええそうです。それで、助かったひとたちがいっぱいいるんです。あのひとたちは日暮れの後の川明かりみたいだってお祖父ちゃんは言ってます」

「川明かりか。そうかもしれませんね」

七十郎は、暗闇に淡く光る川の流れを見つめた。わずかな、そしてささやかな光かもしれないが、それに勇気づけられるひともいるのだ。

「なのに、あのひとたちは、自分たちは盗賊だっていつも恥じているんです。決してひとに威張れることをしているわけじゃないって。だから、きょう七十郎さんが代わりに出雲屋をやりこめてくださったのが、みんなとっても嬉しかったと思います」

「そうですか」

七十郎は空を見上げた。一番星が出ている。冴え冴えとした星の輝きが頼もしさを感じさせた。

豪右衛門たちも、あの星のように自分たちの居場所で輝いていられたらよかったのに、と思った。空から落ちて流れ星になった豪右衛門たちは、これからどんな人生を歩むのだろうか。

巨勢川の岸で豪右衛門に会ってからのことを思い出す。

木賃宿でほかの四人や佐次右衛門、五郎、おさとに出会った。そして、女房の浮気を疑ってひとを殺してしまった馬方の松蔵も知った。

松蔵と女房のおかねが役人に連れていかれた時の後ろ姿は哀れだった。松蔵のおかねへの想いは嘘ではなかった。しかし、ひとが想いを伝えることの何と難しいことか。

（みんな、一生懸命生きているのに、哀しいのはなぜなのだろう）

七十郎が立ち上がると、おさとも寄り添うように立った。ふたりはしばらく何も話さずに、川明かりを見つめていた。


宿に戻った七十郎は、お茂婆に文句を言われながら夕餉をかきこむようにして食べた。二階に上がると五人はすでに布団にくるまって寝ていた。

壁際で背を向けて寝ていた豪右衛門が、声をかけてきた。

「今夜は明日に備えて、早く寝ろ。寝《ね》が足りぬと不覚を取ることになるぞ」

七十郎は素直に反対側の壁際に行って、いつもの布団にくるまった。隣には今夜もお若がいて、すでに寝息をたてている。

横になったが、なかなか寝つけない。

夜が更けるとともに、いろいろなことが脳裏に浮かぶ。

牛小屋で戦った佐野又四郎のことが思い出される。あれほどの剣の腕前を持った又四郎でさえ、わずかな油断で死んでしまうのだ。

真剣での立ち合いは恐ろしい。巨勢川の河原で血まみれになって倒れている自分の姿が闇の中に浮かんできた。

ふと、母や妹たちのことを考えた。七十郎が死んだら、母や妹はどうなるのだろう。それを思うと、日ごろ口やかましい母や妹が哀れになった。

思わずため息をついた。

「眠れないんですか」

近くでお若の囁くような声がした。

「いえ、大丈夫ですから」

七十郎は低い声で答えた。お若が昨夜よりも身近いところで寝ているらしいことに気づいた。

そう思うと体が熱くなるような気がした。

（いかん、何を考えているのだ。心を鎮めなければ）

七十郎は目を閉じた。その時、足の先に何かつめたいものが当たった気がした。するりとお若が布団の中に入ってきていた。

お若の匂いに息が詰まるような気がした七十郎は、寝返りを打って背を向けた。お若は七十郎の背に寄り添ってきた。

「どうして逃げるんですか。明日になれば、七十郎さんは命懸けのことをするんです。ゆっくり寝かせてあげたいんですよ」

「駄目です。そんなことはできません」

「だから、わたしは構わないって言ってるでしょう」

お若の声には想いが籠もっていた。七十郎は子供のように体を丸めた。震えて歯がかちかちと鳴る。

「お若さん、わたしはあなたが好きです。そうじゃなかったら、できるかもしれません。だけど、好きだからそうしてはいけないんです。あなたをそんな風には、扱いたくないのです」

七十郎は背を向けたまま、うめくように言った。

「七十郎さん――」

お若は七十郎の背にぴたりと体を寄せた。それでも七十郎は動かない。泣くような声で言った。

「お若さん、すみませんが、離れたところで寝てください。あなたがそばにいると、わたしは眠れないと思うのです」

お若はため息をついて起き上がると、布団を持って動いた。壁際の豪右衛門の傍らに布団を敷いた。お若が横になると、

「残念だったな、お若――」

寝ていたはずの豪右衛門が、目を閉じたまま小さく声をかけた。

「どんな男でも、死を前にすれば女を抱かずにはいられないものだ。七十郎殿は臆病者どころか、まれに見る豪傑だ。お前でも歯が立たなかったな」

横になったまま、お若は頭を振った。

「豪右衛門さん、女はね、一度でも誰かに大切にしてもらうと、自分を大切に思って生きていくことができるんです。わたしは七十郎さんから一生、胸に抱いていける宝物をもらったんですよ」

お若の目は涙で濡れていた。

十三

巨勢川の東側、来栖宿《くるすじゆく》で、甘利典膳は五日目の朝を迎えた。寝床から起き上がり、庭先に出た。朝の光が庭に差している。

庭の松に近寄って幹に触れてみた。降り続いた雨にしっとりと黒ずんだ樹皮が歳月を感じさせる。ごつごつとした手触りが、なぜかなつかしい感触だった。

きょう、川止めが解けて川明けになると、昨日のうちに宿場役人から報せがあった。

（やれやれ、とんだ足止めを食わされた）

江戸の上屋敷を出立した時は、国許に駆け戻り、ただちに上宮寺党に切腹するよう申しつけ、屋敷にひそかに蓄えてきた書画骨董の類も処分してしまうつもりだった。

そのためには途次、上野藩城下に立ち寄り、出雲屋角右衛門に会わねばならない。

（角右衛門め、近ごろ大坂の米相場に手を出して大損したそうな。書画骨董を売りさばく手伝いをさせよう）

角右衛門なら、三千五百両相当の書画骨董を五千両で売って、千五百両ほども自分の懐に入れかねない。それでも、緊急に金に換えるには角右衛門を使うのが早い、と典膳は考えていた。売った代金は大坂商人の為替手形に換えておいたほうがいいだろう。

（出雲屋の為替手形では危ないからな）

間もなく角右衛門の店はつぶれるのではないか、と典膳は睨んでいる。もちろん、角右衛門を助ける気などさらさらなく、利用するだけ利用して、後は縁を切るつもりだ。

――商人は信用できぬ
役に立たなくなれば捨てるだけのことである。大坂商人と手を組み、出世の階段を上ってきたが、典膳の胸の内には商人への嫌悪があった。

八十石の軽格に生まれた典膳は、藩の家老になどとうていなれるはずのない身分だった。父親は暮らしに困窮し、城下の金貸しから借金を重ねた。

初めはそれほどの額ではなかったが、次第に膨らんで返せなくなった。家に借金取りが押しかけてくるようになった。

父親はそのことを恥じ、ある日、自害した。そのころ助次郎《すけじろう》と名乗っていた典膳が十三歳の時だった。

さすがに恐れをなしたのか、借金の取り立てはなくなったが、父親がいのちを賭して家族を守ったのだ、とは思えなかった。

(父上は貧乏から逃げたのだ)

というひややかな思いだけが残った。父が死んだという悲しみはなく、元服前に世間に放り出された恨みにも似た気持が胸の中に渦巻いた。

父親が死んだばかりのころ、助次郎は家中の者から侮《あなど》りを受けた。自害して借金を返さず棒引きにしたことから、父親のことを、

——棒引き侍
などと呼ばれた。助次郎は「棒引き侍の子」というわけである。上士の子からは、事あるごとに、

「藩の面汚し」

と罵られた。助次郎はもとより文武両道に秀でていたが、父親が自害してから

後、自分は他の者と同様に安閑としているわけにはいかないという気持が強くなり、寝る間も惜しんで励んだ。

それが気に入らないと上士の子から呼び出され、数人がかりで殴られたこともある。それでも抵抗はできなかった。「棒引き侍の子」が上士の子に刃向かえば、一日として藩にはいられない。

元服して家督を継いだ助次郎は、典膳と名を改め、努力が認められて小姓組に出仕することができた。ひとが思うところをすぐに察知でき、容貌も優れていることから小姓としての務めを万全に果たすことができた。

これが出世の始まりだった。そのころ松丸《まつまる》と名乗っていたいまの藩主綾瀬永元に気に入られたのだ。

永元が藩主の座に就くと、書院番から側用人へと引き立てられた。典膳はより一層の力を尽くし、

「いつ寝ているのか」

とひとから言われるほど職務に励んだ。

若手の切れ者として藩内でも注目を集めるようになり、努力が実を結んで、勘定方差配を兼ねた執政のひとりにまで上り詰めたのである。

それからが権力の座を目指しての真の闘いの始まりだった。

当時、家老は頼母の父稲垣千右衛門だった。千右衛門は軽格から這い上がった典膳を快く思わず、事ごとに排斥しようとした。典膳への風当たりは一気に強くなった。

永元が家督を継いだとはいえ、このころは先代の永重《ながしげ》は健在で藩政にも口を出していた。

永重の側近だった重臣たちは永元を軽んじ、典膳への侮蔑を隠さなかった。

「あのような成り上がり者がのさばっては、藩のためにならん」

と言い交わして、典膳を蹴落とそうとしたのだ。

自分の側近をかばえるほどの力を、永元はまだ持っていなかった。

千右衛門は執拗な性格で、典膳は二度にわたって追い詰められ、失脚を覚悟したこともあった。

(思えば、あのころは危うかった)

庭の松の木を見上げて典膳は思った。松葉の先に溜まった水滴に朝の光が差して輝いている。

——連日のように執政会議が開かれ、典膳への糾問《きゅうもん》が行われた。

典膳が大坂商人との関わりを深くしていた時期だ。

城下の加納屋という富商が大名貸しに失敗してつぶれようとしていた。加納屋を闕所にして借金を無くしてしまおうというのが、千右衛門の考えだった。しかし、典膳はこれに反対した。

加納屋は典膳の父親が借金をした金貸しの金主だった。典膳にとっては、実のところ父親を自害に追い込んだ元凶とも言え、千右衛門の考え通りにすれば仕返しにもなったはずである。

ところが、典膳は父の恨みを晴らそうなどとは考えなかった。怨念を忘れたわけではないが、一時的に借金が無くなったとしても、藩の財政が火の車であることに変わりはない以上、むしろ金を貸す商人をつなぎとめておくべきだ、というのが典膳の主張だった。

典膳は冷徹に損得勘定ができる男になっていた。自分の欲望に対して忠実に振る舞い始めていたのだ。父の恨みなど、もうどうでもよかった。

典膳が執政会議で持論を述べると、千右衛門は苦い顔になった。

この時、すでに典膳は大坂商人から賄賂を受け取っており、商人と結託して藩政を牛耳っていく腹を固めていた。一方、千右衛門はそのことを見抜いていた。典膳が大坂商人と付き合いがあることをかねてから探っており、その証拠もつかんでいる、とその場で言い出した。

典膳は震えあがった。

千右衛門から鋭い目で睨まれ、

「お主、大坂商人より、いかほど金を受け取ったのだ」

と問い質された時、背中に冷や汗をかいた。

このころ誼《よしみ》を通じる藩士たちに金をばらまいていたが、典膳自身の暮らしぶりも贅沢になっていた。屋敷の調度に金をかけ、女中たちも見目良い女をそろえ、何人かには手をつけていた。

執政会議の場で千右衛門はそのことをひとつずつ、皮肉たっぷりにあげつらい、典膳に恥をかかせたのである。

「まこと、棒引き侍の子だな」

千右衛門の蔑んだ目つきは典膳の心を凍りつかせた。

辛うじて首の皮一枚でつながり、執政の座から降りずにすんだのは、永重が急な病で他界するという僥倖に恵まれたからである。しかも、永重亡き後、千右衛門は急に老けこんで物忘れや失言を繰り返し、隠退を余儀なくされた。

典膳はそのころのことをよく覚えている。

あれほど頭の鋭かった千右衛門が突如、ひとの名や約束事を忘れるようになった。

執政会議の日時を失念し、執務室でうたた寝をしていたこともあった。その様は無残だった。

執政会議で典膳に問い詰められ、ろくに反論もできなかった時、千右衛門は目を閉じて、

「わしは執政の座を降りよう」

と無念そうに言った。

蒼白になった千右衛門の顔を見て、典膳は心中で快哉を叫んだ。

千右衛門の隠退によって、典膳の思惑通り大坂商人が綾瀬藩の金主となった。藩内での立場も飛躍的に強くなり、間もなく典膳は家老の座に就いたのである。

典膳はその後も大坂商人から賄賂を受け取り続け、私腹を肥やすとともに派閥に属した者たちにひそかに金を与えた。

（藩内の者たちは、初めこそ気取っておったが、金を一度与えると、何度となく

欲しがりおった。とんだ強欲者たちであった）

典膳は縁側に上がりながら苦笑した。

部屋には、すでに朝餉の膳が調えられ、女中が給仕のために控えている。

昨夜まで係であった女中とは違う細面の若い女だ。給仕する手がしなやかで百姓の娘とは思えない。ちらりと女中の顔を見て、典膳は膳の前に座った。

箸を取りながら、川を渡ってからのことを考えた。帰国と同時に上宮寺党に腹を切らせるつもりだ。

「そうせねば、腹の虫がおさまらぬ」

芋の味噌汁をすすりながらつぶやいた。女中がびくりと肩をすくませた。叱られたと思ったのだろう。怯えた仕草が妙に気をひく。

上宮寺に集まった若侍はいずれも大身《たいしん》の子息である。甘やかされて育ち、口に正義を唱えながら、考えているのは自分たちが見栄え良く立身することだけだ。

家老の地位に昇り詰めるまで、藩の名門や重臣と言われる家柄の者たちにどれほど苦汁をなめさせられてきたか、という思いが典膳にはあった。

若侍たちは上宮寺に籠もって建白書への沙汰を待つという行動に出たが、典膳にとっては思うつぼだった。

はたして永元は、十八人の若侍が出した建白書に叔父である左太夫の名があることを知って、

「こやつらは、謀反を企む不忠者だ」

と激怒した。永元の怒りに対し、火に油を注ぐことになった。

（苦労を知らぬ上士の子息たちがそろっているだけに、罠にはめるのはたやすいものだ）

上宮寺に籠もった若侍たちが、藩主の怒りに触れて切腹することになれば、それぞれの家もただではすまない。

大身の家をつぶし、代わりに自分の意のままになる甘利派の軽格の者たちを登用しよう。頼母暗殺や上宮寺党の一件で藩内には不安が渦巻いていることだろう。しかし、これまで藩政を牛耳っていた大身が転落し、軽格からの登用が進めば歓迎する声が出てくるに違いない。

（頼母が殺されようが、上宮寺党が切腹に追い込まれようが、ひとびとにとって所詮他人事《ひとごと》だ。大方の者はすぐに忘れる）

そうなれば、典膳の権勢は盤石の基盤を持つことができる。後は増田惣右衛門の策を封じるために、屋敷に所蔵している書画骨董を早く処分してしまうことだ。

あれこれ考えをめぐらせつつ、朝餉の箸を置いた。

女中が急いで膳を片付ける。典膳は、

（もう一晩、この宿場に泊まるのであれば、この女に伽《とぎ》をさせたのだが）

と腹の中で思いながら、女中の後ろ姿を目で追った。

その時、廊下に家士が控えた。

「ただいま、江戸より使いの者が参っております。通してよろしゅうございましょうか」

家士は手をつかえて訊いた。

「江戸からの使いだと？」

典膳は首をかしげた。江戸で何か動きがあったのだろうか。

すぐに通せ、と命じた。

部屋に入ってきたのは、埃にまみれた旅装の、三十を過ぎた男だった。渡辺半《はん》右衛門《えもん》という江戸屋敷で用人を務めるひとりだ。

「渡辺か。何用だ」

半右衛門は平伏して声をひそめた。

「はきとしたことはわかりませぬが、江戸にて訝しい動きがあり、お報せに参りました」

「何があった」

典膳は不機嫌な顔になった。

「されば、先ごろ、桑野善兵衛《ぜんべえ》様が殿に会いに参られました」

旗本の桑野善兵衛は、永元から見て母方の従兄弟にあたり、同じ年ごろであることから、昵懇《じっこん》の仲だった。遊び好きの、どうということもない人物だ。

「桑野殿が何用あって殿に会われたのだ」

「それが、わからぬのでございます」

「わからぬだと――」

思わず声が高くなった。江戸屋敷は甘利派の者で固めている。永元の身のまわりで起きたことは、どんな些細なことでも耳に入るはずだ。

「それが、桑野様は倉田文左衛門《ぶんざえもん》様のお取り次ぎで殿に会われたのです」

「文左か」

典膳はうめいた。

側用人の倉田文左衛門は先代のころからの老臣である。

六十を過ぎているが、学問に秀で典礼に通じて、これまで江戸表での老中へのあいさつ、他藩との折衝などを一手に取り仕切ってきた。

藩内のいずれの派閥にも加わらず、藩主の側近としての分を守ることを信条としている男で、稲垣派と甘利派の争いでも局外中立の立場だった。それだけに典膳に対してもへりくだるところがない。

「甘利殿は働き者だが、誰のために働いておるのかわからぬところがあるのう」

などと、面と向かってずけずけと批判を言われてもいた。

目の上のこぶではあるが、派閥のどちらにも加担しないのは明らかなので捨て置いてきた。

「文左がすることなら案ずるにはおよぶまい」

自分に言い聞かせるように言った。半右衛門は顔を上げた。

「しかしながら、倉田様はかねてから増田惣右衛門様とは親しい間柄と聞きおよびまする」

「それがどうしたというのだ」

典膳は苛立った。

文左衛門と惣右衛門は学問所のころからの旧友だとは聞いているが、職責に厳しい文左衛門は、いままで派閥に加わろうとはしなかったのだ。たとえ惣右衛門が稲垣派を継いだとしても同じはずではないか。

　そこまで考えて典膳はあっと思った。

　旗本の桑野家は藩主一族の親戚だが、同時に藩の重臣とも婚儀を交わして姻戚になっている。特に稲垣家とは何代かにわたって縁戚関係を強めているはずだ。稲垣派が藩主に働きかけるとすれば、桑野善兵衛を使うという手がある。しかし、善兵衛が永元に会おうとしても、甘利派で固めた江戸屋敷では容易でない。その網の目をかいくぐることができるのは、文左衛門だけだ。

　御役大事の文左衛門は、派閥に絡む些事で動くことはないが、それが藩の大事だと判断すれば違ってくるだろう。

（惣右衛門め、文左を使って何か仕掛けたのか）

　典膳は背筋につめたい汗が流れるのを感じた。

「それで、文左めの動きはどうなのだ」

「甘利様が江戸を発《た》たれて五日後に江戸屋敷を出られました」

「なんだと。なぜ、それを見逃した」

　典膳は目をむいた。半右衛門は体を縮こまらせた。

「殿のお許しを得て、箱根に湯治に行かれたということだったのですが、出立されて間もなく、どうやら国許へ戻られたらしいとわかったのです」

文左衛門の家僕がうっかりもらすまでは江戸屋敷の甘利派の耳に入らなかったのだという。

「まだ、この宿場には到着しておらぬぞ。川止めになっているのだ。わしを追い抜けるはずもない」

「それがしは早駕籠を仕立てて参りました。恐らく途中で倉田様を追い抜いたのではないかと存じます」

「すると、間もなくこの宿場に着くのか。何をしに国許へ戻るというのだ」

典膳はうめいたが、江戸で思わしくない動きがあったことだけはわかった。

多分、惣右衛門は、桑野善兵衛を通じて永元に何事かを訴えたのだ。そのことを文左衛門が助けたとすれば、派閥争いに留まらない何かがある。

(ひょっとすると、わしが書画骨董を蓄えている証拠を桑野善兵衛は殿に差し出したのかもしれぬ)

典膳は身震いした。書画骨董の数々を江戸の骨董商に値踏みさせた。その際、鑑定書を書かせたが、骨董商はその写しを作った。先になって取り引きする時に便利なようにということだったが、もしかすると惣右衛門はあれを手に入れたのではないか。

惣右衛門に何かを知られた気配があったからこそ、急いで帰国して処分しようと思い立ったのだ。

文左衛門が国許に戻るということは、永元は上宮寺党への処分について考えを変えた可能性がある。そして、その意を受けて上宮寺党の切腹を中止させ、さらには典膳を糾問するため、文左衛門は国許へ向かっているのだとすれば。

典膳は額に汗を浮かべた。

一刻を争う勝負になってきた。何か策を講じなければ、かなり危うい。

思わぬ川止めで国許へ到着するのが遅れた。それがこの危機につながったのだ。川を渡れずぐずぐずしている間に、文左衛門に追いつかれるかもしれない。

だが、桑野善兵衛がどのような証拠を提出したにせよ、書画骨董さえ処分してしまえば、罪に問えないであろう。

(汐井宿に行ったら早駕籠を仕立てて、わしが間もなく戻ると報せよう)

そうすれば、典膳の帰国に怯えている者たちは、上宮寺党に急いで切腹を迫るだろう。十八人の大身の子息たちが腹を切った後では、永元もいまさら取り返しがつかないと考えるはずだ。そこまで考えて、ようやく典膳は落ち着きを取り戻した。

権力を握っている者は強い。やり方さえ間違わなければ、勝つことができるのだ。上宮寺党の若侍が腹を切った後に文左衛門は到着するだろう。その時は、

「何用での帰国でござるか」

と嘲笑ってやればいい。

文左衛門は永元の密命を帯びているかもしれないが、状況を知れば、公にはせずに復命するのではないか。それぐらいの腹芸はする老獪な男だ。

そう思いつつ、半右衛門に顔を向けた。

「わかった。案ずることはあるまい。ご苦労であった。そなたは江戸に戻れ」

半右衛門は顔を上げて、何事か言うのをためらっている様子だ。

「どうした。まだ他に何かあるのか」

「実は江戸藩邸におる者たちが心配しておるのでございます」

「何をだ。申してみろ」

「稲垣派を率いることになった増田惣右衛門様は名うての古狸にて、追い詰められると思い切った手を打ってくる、と申す者がおります」

「ほう、どんな手を打つというのだ」

「甘利様に刺客を放つのではないか、というのです」

「わしを斬るというのか」

典膳はにやりと笑った。

「かつて増田惣右衛門様は、そのような手を使って稲垣派の政敵を葬ったことがあるそうでございます」

「知っておる。わしに抜かりはない」

自信ありげに典膳は言った。

「それに、さような動きがあれば佐野又四郎が見過ごしはせぬ。あの男はかような時にこそ大いに役に立つ。わしに刺客を放ったとしても、その者は又四郎に斬られるだけだ。いまの国許に又四郎に勝る腕の者はおるまい」

半右衛門は頭を下げた。半右衛門も又四郎の腕前は知っている。確かに又四郎に勝てる者がいるとは思えない。

「よしわかった。では、そなたはこの宿場に留まり、倉田文左衛門が参ったら、できるだけ引き止めろ」

そう命じると、典膳は手を叩いて女中を呼び、茶を持ってくるよう言いつけた。長々と話をしてのどが渇いていた。

半右衛門は恐れ入った顔で部屋から下がった。

ひとりになって典膳は考えこんだ。

倉田文左衛門が国許に戻ろうとする動きは予想外だったが、その他のことは思惑通りに動いている。頼母を暗殺したからには、増田惣右衛門がどのように策をめぐらそうとも、政敵と言えるほどの者はいない。

(いまの綾瀬藩は、わしがおらねば何も動かぬ)

そうである以上、誰も自分に手が出せないはずだ、と確信を持って言える。何も不安がる必要はない。

典膳は不敵な笑みを浮かべた。

川を渡ってから一気に国許を目指し、十八人の若侍に死を与えよう。もし、帰国するまでに十八人が切腹していなかったら、罪人として斬首の刑に処すのだ。できるだけ辱めを与えてやる。その考えに、典膳は体が震えるような快感を覚えた。ふと、稲垣頼母の娘美祢のことを思い浮かべた。評判の美女だというではないか。

(頼母の娘を側妻《そばめ》にするというのも一興だな)

川止めで宿場に逗留している間、飯盛女たちと楽しんだ。あの女たちがしたのと同じ振る舞いを政敵の娘にも強いてやりたいものだ、と思った。

典膳は舌なめずりした。

貧窮の中で父親が自害してから味わってきた屈辱による復讐心から来るものだろうか。それとも、いつ何時《なんどき》、自分の地位が脅かされるかわからないという不安から来るものなのか。

悔いのないよう、やりたいことはすべてやっておきたいという、胸の底からふつふつと湧いてくるこの残虐な思いは何なのだろう。

権力を失う時は、藩の上士ことごとくを道連れにしてやる。自分が受けた蔑みと憎悪をすべて返してやる。どんな者も容赦はせぬ。

(棒引き侍の子の恐ろしさを思い知らせてやるのだ)

典膳は間もなく旅装を調えた。

上がり框に座って、家僕に新しい草鞋を持ってこさせた。

宿を出ると、外で控えていた供の者たちが一斉に頭を下げた。昨日までの雨天が嘘のように空は晴れ渡っている。

日差しがまぶしい。

典膳は目を細めて空を見上げ、足を踏み出した。

十四

七十郎は朝餉をすませ、井戸端に出た。釣瓶で汲んだ井戸の水を浴びて体を清め、手拭いでふいた。用意していた新しい下帯をつける。

（きょう、死ぬかもしれない）

と思うと、やはり手足の先が冷たくなる気がしたが、しっかりするのだ、と両手で頰を叩いて懸命に自分を勇気づけた。

川明けは巳ノ刻（午前十時ごろ）である。

七十郎は、時刻が迫ると支度をして二階から下りた。豪右衛門たちはすでに一階にいる。七十郎を見て、豪右衛門はどう声をかけたらいいのかわからないという表情をした。いまから七十郎は生死を賭けた戦いに行くのだ。

お若は目をそらせた。顔を見れば泣き出してしまいそうで辛かった。戦いの前に涙を見せては不吉な気がして、泣くまいと堪えていたのだ。

千吉は七十郎に力強くうなずき、徳元と弥之助は笑顔を向けた。七十郎は弥之助の肩に乗っている猿の頭をなで、

「元気でいろよ」

と声をかけた。猿は神妙な顔つきで七十郎を見た。

七十郎は出立の用意をしているおさとの傍らに近づき、布に包まれた観音菩薩像を渡した。

「これはおさとさんが持って川を渡ってください」

自分はきょう死ぬかもしれない。ここでおさとに渡しておくのがいい、と思った。

「七十郎さん――」

おさとは七十郎を見つめた。傍らの佐次右衛門が頭を下げて、

「ありがとうございます。これで村を立て直すことができます」

と言って肩を震わせた。

「礼にはおよびません。もともと佐次右衛門さんの物ではありませんか。礼をおっしゃる相手は、取り戻してくれた豪右衛門さんたちです」

七十郎が言うと、

「なんの、わしらは何もしておらぬ。その仏像は天が佐次右衛門殿のもとに戻してくれたのだ」

と豪右衛門は笑った。

お若と千吉、徳元、弥之助はふたりのやり取りをしんみりとした顔で聞いている。観音菩薩像が佐次右衛門のもとに戻れば、長かった盗賊暮らしから足を洗えるのだ。

七十郎にとっても、豪右衛門たちが盗賊流れ星であることをやめるのは嬉しいことだ。

刺客の使命を果たせるかどうかわからないが、この宿に来合わせたことに意味はあったような気がする。

五郎が七十郎を見上げて訊いた。

「七十郎さん、川明けになったら、危ないことをするって本当なの」

「誰から、そんなことを聞いたんだ？」

「お姉ちゃんがそう言って、昨日の夜、泣いてた」

おさとがうつむいた。七十郎が、きょう何をしに行くのかを豪右衛門から聞いて心配していたのだろう。

「七十郎さん、どうしても行かなければならないんですか」

おさとは目に涙をためて訊いた。七十郎はおさとから目をそらせて、五郎の肩に手を置きながら言った。

「武士の務めだから、わたしはお役目を果たさなければならないんだよ」

「でも、死んだら何にもならないよ。おいらたちと一緒に川を渡って崇厳寺村で暮らしたらいいじゃないか」

五郎は真剣な顔で訴えた。

「そうできたらいいだろうな」

七十郎はつぶやいた。本当に、そうできたら幸せなのだろうという気がした。

「いまからでも考え直してはどうだ」

豪右衛門が言った。千吉も大きくうなずいて、

「悪いことは言わねえ。そうしなよ、七十郎さん。おれたちと一緒に川を渡るがいいよ」

と誘った。

「その方が御仏の導きにかなうと思いますぞ」

徳元が数珠をまさぐりつつ大仰に言うと、弥之助も励ますように口を添えた。

「侍の身分を捨てたって生きていけますよ」

弥之助の肩で猿が尻をかきつつ、

――ききぃ
と鳴いた。この宿に泊まり合わせたというだけなのに、おたがいのことを思い遣るようになったのは不思議な縁だ、と七十郎は感じた。

皆の気持が嬉しかった。

しかし、七十郎は佐野又四郎のことを忘れられなかった。使命のためとはいえ、ひと一人を手にかけてしまったのだ。いまさら逃げ出せない。

「行って参ります」

七十郎は思いを振り切るように頭を下げると、土間に下りて草鞋を履いた。着替えなどの荷物は宿に置いていくつもりだ。

土間に立ち、懐から棒手裏剣の入った革袋を取り出すと、上がり框にごとりと置いた。

「おい、何のつもりだ」

豪右衛門が驚いて訊いた。

七十郎は答えずに、右の鬢をなでた。きらりと光るものが宙を飛んだ。

煤けて黒くなった柱に二本の針が突き立った。さらに左の鬢に手をかざすと、柱の同じあたりに、また二本の針が突き立った。

「お主、まさか――」

豪右衛門は息を呑んだ。

「手裏剣は役に立ちませんし、針は、持っていればきっと使ってしまいます。せめて武士らしく刀で戦いたいのです」

七十郎は微笑を浮かべて言った。

「馬鹿なことは止《よ》せ。手裏剣と針を持たずに行けば、殺されるだけだ。行かせるわけにはいかん」

土間に飛び降りた豪右衛門は、七十郎の肩に手をかけた。七十郎は泣きそうな顔になった。

「豪右衛門さん、わたしは武士です。たとえ臆病者でも、いや、だからこそ潔くありたいのです」

そう言うと、七十郎は皆に向かって頭を下げた。

「お世話になりました。皆さんのことは決して忘れません」

そのまま踵を返して宿から出ていった。外の明るい日差しに溶け込むように七十郎の後ろ姿は遠ざかった。

「七十郎さん——」

おさとが、膝をついて泣き出した。

宿を出ると、七十郎は川岸に向かった。川は先日までの濁流ではなかった。陽光がきらめき、白く輝いている。

渡し場は川明けを待つ旅人と川越人足でごった返していた。十日の余におよぶ川止めで、川を渡れなかった旅人は数十人もいた。

「やっと川明けだ」

「随分、待たされましたな」

「もう旅はこりごりですよ」

旅人たちは口ぐちに言い交わした。待ちくたびれただけに、ほっとした表情が、どの旅人の顔にもあった。

やがて、刻限になった。

「川明けである——」

川会所の役人の声とともに、川越人足に肩車されたり、輦台《れんだい》に乗ったひとびとが渡り始めた。

川を渡る旅人は川会所で川越人足一人につき一枚の川札や、輦台ならば、それとは別に台札を買って人足に渡す。川越人足はその札を髷に結び付けておき、後で金と引き換えるのだ。

一人乗り輦台は四人で、二人乗りは六人の人足でかつぐ。当然、輦台は高いため、武士か裕福な町人の他はあまり使わない。

「こりゃあ、きょうは水がええぞ」

旅人を肩車して川に入った人足が声を上げた。水量は多いが、流れは澄んできているようだ。

「この間まで濁っていたのが嘘みたいですな」

川越人足の肩に乗った旅人が感心したように言った。輦台に乗った町家の女房らしい女も、

「この川の風景がこんなにきれいだとは気がつきませんでしたね」

と、うっとりとあたりを見まわした。

青空の下、川面の小波は日の光を反射してきらきらとまぶしく、対岸の緑とそ

の向こうに遠く連なる青い山々も美しかった。

七十郎は目を凝らして対岸を見つめた。

対岸からひとびとが渡り始めている。川越人足に肩車されたり、輦台に乗った旅人がこちらを目指している。

いっせいに渡り始めて、ひとの数が多いだけに、典膳を見つけるのは難しい。

(典膳は早く国へ戻りたいはず。真っ先に渡ってくるのではないか)

と思って目を配っていると、対岸からこちらに近づいてくる輦台のひとつに武士が乗っているのが見えた。

(――典膳だ)

七十郎は武者震いした。

一人乗りの輦台に傲然と乗っている武士は、城中で顔を見かけたことがある典膳に間違いない。

七十郎は革の下緒《さげお》で手早く襷《たすき》をかけた。端を結ぶ時にわずかに指が震えた。

川越人足や旅人のざわめきをよそに、緊張した面持ちで川岸に佇む七十郎は、典膳の乗った輦台が到着するのを待ち構えた。

すると、典膳の輦台につき従うように、さらに二人乗り輦台が三台渡ってくるのが見えた。どの輦台にもふたりずつ武士が乗っている。

（まさか——）

綾瀬藩の重臣が江戸から帰国する際の供は、家僕や家来など二、三人だけである。典膳の供も多くて三人だろうと、七十郎は思い込んでいた。

増田惣右衛門にしても同じ考えでいたから、七十郎ひとりを刺客として放ったのだろう。

だが、典膳に続く輦台の武士たちは六人いて、遠目にも屈強そうに見える。ひょっとしたら典膳の身辺を護るためにつき従っている藩士たちなのだろうか。

やがて、典膳の輦台がこちらの川岸に着いた。典膳が悠然と降り立つと、つき従っていた武士たちが輦台から飛び降り、素早くまわりを固めた。

（間違いない。護衛が六人もいる）

七十郎は絶望的な気持になった。

典膳のまわりに立った武士たちに七十郎は見覚えがあった。

いずれも六尺豊かな大男で、武芸の達者な者たちである。藩校での剣術稽古の際など七十郎では相手にもならなかった男たちだ。

典膳は惣右衛門が刺客を放つことを予想して、江戸藩邸から選りすぐりの藩士を引き連れてきたようだ。

典膳がゆっくりと歩いてくるのを見ながら、七十郎は足が震えた。

川明けを待っていた間にひと殺しの馬方松蔵を捕らえ、佐野又四郎と戦って倒した。もう、藩で一番の臆病者と嘲られた自分ではない、と思おうとしていた。勇気を持てるようになったはずだった。

しかし、この時になって、そんな自信は吹き飛んでいた。もとの臆病者に戻ってしまっている。逃げ出さずに典膳を待つのがやっとだった。いや、怖くて足が動かないだけなのかもしれない。


典膳は、ゆっくりと七十郎に近づいてくる。

七十郎は息が詰まる思いがした。

護衛に守られた典膳は、そのまま七十郎に気づかず行ってしまうのではないか。そうなれば、あまりに警戒が厳重で近づけなかったと言い訳できるのだが、と心の隅で考えた。

ところが、典膳は七十郎に向かって真っ直ぐに歩いてくるのだ。

（いたしかたない。刺客としての使命を立派に果たすまでだ）

泣き出したいのを堪えて、七十郎は刀の鯉口《こいぐち》に指をかけた。四、五歩の距離にまで典膳が来た。七十郎は、

「ご、ご家老様――」

と呼びかけた。声が震えてかすれた。

顔から血の気が引いた。

典膳は不審げな顔をして立ち止まった。

七十郎の声が小さくて、よく聞き取れなかったのか、顔をしかめた。だが、七十郎が刀に手をかけているのを見てか、それ以上近づかなかった。

代わって護衛の者たちが三人、ばらばらと七十郎に駆け寄った。他の三人は典膳のまわりを固めている。とても斬りかかることなどできそうにない。

七十郎は目の前が暗くなり、倒れそうになった。

それでも懸命に刺客であることを告げようとした。しかし、喉がひきつって声が出ない。刀に添えた手も固まって動かない。

「貴様、見かけたことのある顔だ。わが藩の者だな。ここで何をしておる」

痩せて骨ばった体つきの護衛が、目を鋭くして訊いた。油断なく刀の鯉口を切っている。七十郎に不審な動きがあれば、抜き打ちに斬り捨てる構えだ。

「そ、それがしは――」

しどろもどろの七十郎に、典膳は首をかしげた。

「知らぬな。このような者がわが藩におったか」

「確か小姓組の伊東七十郎と申したと存じますが」

護衛のひとりが言った。

「わしの派閥に属しておるのか」

典膳が訊くと、その護衛は首を横に振った。

「さて、どうでありましたか。何せ、目立つ者ではありませぬゆえ」

するど、他の護衛が笑って言った。

「伊東は先代の勘左衛門が稲垣派でございました。倅《せがれ》も恐らく稲垣派に属しておりましょう」

「ふむ。すると増田惣右衛門の命を受けて、わしを討ちに参ったのかもしれぬな」

典膳は笑いながら言った。

「滅相もない。伊東は藩でも一番の臆病者と聞いております。犬猫ですらも殺せるか怪しゅうござる」

「なに、藩で一番の臆病者とな」

典膳が驚いたように言い、護衛たちがどっと笑った。しかし、典膳は護衛たちを手で制した。

「さように嘲っては、この者も物が言えまい。少し下がらぬか」

護衛たちは目を見交わしたが、やむを得ず一歩下がった。

典膳は笑顔を七十郎に向けた。

「伊東とやら、出迎え大儀だな。そなたは稲垣派らしいが、かようなところでわしを待ち受けておるとは、なんぞ仔細があるのではないか」

やさしげな言葉をかけられても七十郎の足の震えは止まらなかった。典膳はなおも言葉を続けた。

「ひょっとして、増田惣右衛門が何かを企んでおるのではないか。そなた、そのことをわしに告げて返《かえ》り忠《ちゅう》をしようというのではないのか」

それは誤解だ、と七十郎は目を瞠った。

その表情を見て、典膳は大仰にうなずいた。

「どうやら、当たったようだな。わしに寝返ろうと思ってここに来たが、稲垣派を裏切るのが急に恐ろしくなったのであろう」

典膳の思いがけない言葉にどう応じていいのかわからず、七十郎は茫然と立ちつくした。

土手では、豪右衛門たち五人とおさとや五郎が七十郎を心配して遠くから様子を見ていた。七十郎が狙う甘利典膳らしい男が川を渡ってきたが、まわりには屈強な護衛の武士が六人もついている。

何もできぬまま、七十郎は典膳の前に立ち、護衛の武士に取り巻かれてしまった。千吉がその様子を伸び上がって見る。

「ああ、いけねえや。七十郎さん、すっかり気を呑まれちまってるぜ」

悲鳴のような声を上げた。

「言わんこっちゃない。馬鹿者め」

豪右衛門がうめいた。だから、手裏剣と針は持って行けと言ったのに、と歯噛みした。

徳元も手をかざして眺めながら、ため息をついた。

「どうやら、名乗りをあげることもできなそうですよ」

弥之助は絶望的な声を出した。

「いまさら、名乗ってもめった斬りにされるだけだ」

おさとが豪右衛門の腕にすがって揺さぶった。

「豪右衛門さん、なんとかして。七十郎さんを助けてあげて」

「ううむ、なんとかしろと言われてもなあ」

豪右衛門は頭を抱える思いだった。腕達者らしい六人の護衛をどうすればいいのか考えあぐねていた。

その時、お若が土手から駆け下りようとした。

「待てっ、お若。何をするつもりだ」

豪右衛門が声をかけると、お若は目を潤ませて振り向いた。

「決まっているでしょう。七十郎さんを助けに行くんですよ」

豪右衛門は怒鳴った。

「お前が行っても助けられはせんぞ」

「それなら、七十郎さんと一緒に死にます」

「馬鹿なことを言うな。お前まで死んで何になるというのだ」

「七十郎さんをひとりで死なせたくないんですよ」

思い詰めた顔で七十郎のもとに行こうとするお若に、豪右衛門はあわてて駆け寄った。

「よし、わかった。わしがなんとかする」

「ほんとうですか」

お若は目を輝かせた。うむ、とうなずいた豪右衛門は真剣な表情で言った。

「その代わり、お若、覚悟しろ」

豪右衛門はお若が返事をするより早く、刀を素《す》っ破《ぱ》抜《ぬ》いた。

お若の帯が切られて、ばさり、と落ちた。


典膳の言葉に操られそうになっている七十郎は、必死の思いで立ち直ろうとしていた。

(このひとは口先でひとを操ろうとしている)

七十郎にもそれだけはわかった。

「ち、違います。わ、わたしはあなたを討ちに来た刺客なのです」

ようやく言えたが、うつむいた七十郎の口からもれたのは、蚊の鳴くような声だった。典膳の耳には届かない。

「なに。何と申した」

典膳が耳をそばだてた時、土手で騒ぎが起きた。

「助けて──」

「ひと殺しだ。みんな逃げて」

女と子供の叫び声だ。大声を上げているのは、おさとと五郎だった。旅人や川越人足が驚いて振り向いた。

帯を切られたお若が、着物の前をかき合わせながら、土手から駆け下りてくる。裾がはだけて赤い腰巻と素足がのぞいていた。白い肩も剝きだしになりかけている危うい姿だ。

「助けておくんなさい。あの牢人が乱暴しようとするんです」

お若は悲鳴を上げた。

その後ろから、豪右衛門が刀を振り上げて追ってくる。

「待て、待てっ。その女はわしの財布を盗んだ盗人だ。裸にして改めてやる」

豪右衛門は響き渡るように大声で言った。さらにその後ろから、千吉も長脇差を抜いて駆け下りる。

「お若姐さんは盗人じゃねえぞ。お前《めえ》こそ、お若姐さんを手籠めにしようとしやがって」

お若が川岸に下り、豪右衛門が追いつきかけると、旅人たちは関わりになりたくないのか、後退ってまわりを囲んだ。

あられもない姿のお若が旅人たちを見まわして、

「助けておくんなさい」

と甲高い声で叫ぶと、豪右衛門も負けずに大声で、

「邪魔立ていたす者は斬るぞ」

と吠えるように言った。千吉は豪右衛門の後ろから、

「やかましい。おれが相手だ。かかってこい」

とまわりを見まわしながら叫ぶ。

その時、徳元もやってきて、

「これは、大変だ。どなたか仲裁をしてくだされ。話せばわかりますぞ」

と川岸のひとびとに言ってまわった。

典膳は七十郎が何と言ったのか聞こうにも、騒ぎがうるさくて聞き取れずに苛立った。護衛の武士たちに、

「お前たち、騒ぎを鎮めろ」

と命じた。護衛が、

「ですが、この男は敵か味方かわかりませんぞ」

と七十郎を胡散臭げに見た。

「大丈夫だ。わしひとりで十分だ。お前らがそばにおらんほうが、この男も話しやすかろう」

早く行け、と典膳は口早に言った。武士たちは顔を見合わせ、やむを得ないと思ったのか、

「それでは鎮めて参ります」

と答えた。

豪右衛門はその様子を横目で見て、ひと際、声を張り上げた。

「やあ、もはや、許せん。邪魔立てする貴様の首からはねてやる」

千吉も負けずに応じた。

「かかってきやがれ」

豪右衛門がゆっくりと斬りかかり、千吉が長脇差で弾き返した。白刃がきらっきらっと輝いた。

ふたりは一度斬り合うとぱっと離れ、間合を大きくとってぐるぐるとまわり始めた。お若は豪右衛門を恐れるかのように逃げまわった。

「ひと殺しだ」

「誰か助けてあげて」

五郎とおさとが川岸まで来て叫んだ。

旅人や川越人足はどよめいたが、護衛の武士たちはにやにや笑いながら近寄っていく。武芸者ぞろいだけに、斬り合いを怖がる者はいない。

逃げるたびにお若の白い肌がちらちら見えるのを楽しんで眺めるばかりで、誰も急いで取り鎮めようとはしない。

旅の座興にじっくり楽しもうとしているのだ。

七十郎もまた、目の前の典膳を忘れて、豪右衛門たちの騒ぎに気を取られた。

(どうしたんだ。豪右衛門さんたちは)

脇見する七十郎の背後に、弥之助がそっと寄ってきて、

「何してるんです。みんなで護衛を引きつけている間におやんなさい」

と囁いた。

七十郎ははっと気がついた。豪右衛門たちは典膳の護衛を引き離すための芝居をしているのだ。いまやるしかない。

七十郎は典膳に向き合い、刀の柄に手をかけた。手の震えがおさまっている。

「それがしは刺客でござる」

七十郎は叫びながら刀を抜いた。

「貴様が刺客だと」

典膳は薄笑いを浮かべただけで、護衛の武士たちを呼ぼうともしなかった。その落ち着き払った様子が、七十郎の身をすくませる。

(このひとは、やはりただ者ではない)

軽格から身を起こしただけあって、腹が据わっていた。

典膳はゆっくりと踏み出してきた。

気圧《けお》されて七十郎は後退りした。額に汗が噴き出した。のどがからからに渇く。

七十郎の目をのぞきこむようにして典膳は言った。

「無理だ。やめておけ。そなたには刺客などできぬ。しかもひとを殺しても、得になることなど何ひとつあるまい」

笑みを含んだ、なだめるような声だ。典膳の言葉に、七十郎は一瞬怯んだ。

豪右衛門と千吉が斬り合う光景を典膳は横目で見た。

「そうか。あの騒ぎもわしの護衛を引き離すための猿芝居か。そなた、なかなか悪知恵が働くではないか」

刀の柄袋をはずすと、典膳はゆっくり刀を抜いた。

七十郎はびくりとした。

「そなたのようなずる賢い者を、わしは嫌いではない。存分に使うてやりたくはあるが、蝮《まむし》を懐に入れるわけにもいかんのでな。尋常に勝負してやるゆえ、かかってこい」

よほど腕に自信があるのか、典膳はぶらりと刀を下げたままである。鋭い目で七十郎を睨み据えた。七十郎の震えが大きくなった。

とても勝てるという気がしなかった。いや、対等に斬り合うなど、とんでもないことに思える。

（武士としての出来が最初から違っているのだ）

自分のかなう相手ではない。七十郎は絶望を感じた。その時、傍らにまた弥之助がそっと近づいて、

「七十郎さん、しっかりおやんなさい」

と励ます声をかけた。弥之助の肩に乗った猿もひと声、ききぃーっ、と声援を送るように鳴いた。

その鳴き声が七十郎を励ました。

（典膳を討つのは自分のためではなかったはずだ）

ひとびとのためにやると決意したのだ、と自分を叱咤した。たとえ、歯が立たない相手であっても、どんなにみっともない結果になろうとも、全力を尽くすのみだ。

やあっ、と気合を上げて七十郎は突いた。金属音が響いて典膳の刀が弾き返した。七十郎は弾みで、たたらを踏んだ。

典膳は斬りかからず、つめたい目で七十郎を見つめたままだ。

刀を構え直しながら、自分の腕では斬るどころか一太刀も浴びせることができない、と七十郎は怯えた目で典膳を見返した。

豪右衛門と牛小屋で稽古した時の気迫を思い出していた。体ごとぶち当たるのだ。もう一度、突くしかない。

目の前に佐野又四郎の姿が浮かんだ。両目を針で刺され、血を流しながら刀を振り上げて、差し招いている。

――かかってこい。お前を地獄へ連れていってやる
又四郎の幻が囁くように言った。

「うわあっ」

七十郎はわめきながら突きかかった。しかし、典膳は七十郎の動きを見切っていた。軽くかわして、刀を弾き返した。

あっと思った瞬間、手が痺れて七十郎は刀を取り落とした。

「馬鹿者め」

怒鳴った典膳は、刀を拾おうとする七十郎の腰を蹴った。

七十郎は河原に転がって、泥だらけになった。尻をついたまま、脇差の柄を握って典膳を見上げた。

「貴様、武士にあるまじきことに、震えておるではないか。それでこの典膳を斬れると思うたか。なめるなっ」

余裕のある歩みで、典膳は近づいてきた。殺気をみなぎらせている。

(――斬られる)

七十郎がそう覚悟した時、弥之助の肩から猿が跳んだ。

――弥太郎

うろたえて弥之助が叫んだ。しかし、猿は着地した後、素早く地面を蹴って、典膳の袴に飛びついた。

払いのけようとした手をかいくぐって、猿は胸まで這い上がった。

――ききぃ
典膳の顔を、猿は爪を立てて引っ掻いた。

「何をする――」

うめき声を上げた典膳は力まかせに猿を振り落とした。猿は地面に飛び下りると同時に、パッと身構えた。

顔を触った典膳は、手に血がついているのを見た。

「おのれ、畜生の分際で」

逆上した典膳は、猿に斬りつけた。猿はこれをよけ切れず、切っ先が足に届いた。悲鳴を上げて猿が転がった。

駆け寄った弥之助が猿を抱えてかばいながら、

「猿のしたことだ。勘弁しておくんなさい」

と頭を下げた。

典膳は首を横に振った。

「ならぬ。武士の面《おもて》を傷つけたからには、飼い主ともども、成敗いたす」

頬から血を滴らせた凄まじい顔つきで、典膳は弥之助に近づいた。

七十郎は、自分をかばって猿までが斬られるのを見ても、金縛りにあったように動けなかった。

　弥之助はかっとなった。

「野郎、お侍だと思ってこっちが頭を下げてりゃ、威張りやがって」

　猿には死んだ子の名をつけていた。息子の弥太郎と女房が大水で死んだ夜のことを思い出していた。

　弥之助は懐から匕首《あいくち》を抜いた。

「貴様、武士にたてつく気か」

「侍だからって、なんでも自分の思い通りになると思うんじゃねえ」

　弥之助が匕首を握りしめ、典膳に向かって突きかかった。

　典膳は素早く踏み込んで刀を振るう。血が走った。弥之助は腕を斬られ、匕首を取り落とした。

「馬鹿め」

　典膳が、止めを刺そうと弥之助に刀を向けた時、

　――やめろーっ
　ようやく七十郎は声を発した。典膳が振り向いた瞬間、七十郎は脇差を腰に構えた。豪右衛門に仕込まれた突きの構えだった。

「うわーっ」

七十郎は叫び声を上げながら体をぶつけるように突きかかった。

典膳は刀で脇差を払った。七十郎は弾みで転びそうになったが、踏みとどまった時には、典膳に背中を向けていた。

典膳は笑った。

「敵に背を向けるとは、貴様はどこまで腰抜けだ」

七十郎の首筋に刃を当てた。

「どうだ。命乞いをしてみろ。さすれば、許してやらぬでもないぞ」

「そんなことまでして、助けてもらおうとは思いません」

七十郎は観念して目をつぶった。

「そうか、よい覚悟だ」

典膳は七十郎の背中を斬り下げようと刀を振りかぶった。

寸前、七十郎は後ろに倒れ込むように、背中を向けたまま典膳にぶつかっていった。とっさに脇差を逆手に取り、脇の下から典膳の腹を突き刺した。

「貴様――」

脇差が突き刺さった自分の腹を、典膳は信じられないという目で見た。

典膳はよろめいて血を吐いた。

血まみれになって脇差の柄に手をかけるが、もはや抜くだけの力は残っておらず、がくりと膝を突いた。

「こ、このような者にわしが討たれることなど……」

ゆらりと前のめりに倒れた。

七十郎は典膳を見下ろした。

目の前の光景が信じられなかった。あれほど恐ろしかった典膳が、血を流して倒れ、動かなくなっている。

腕を押さえて弥之助が這い寄り、

「七十郎さん、やんなすったね」

と嬉しそうに声をかけてきたが、七十郎は呆然としたまま立ちつくしていた。

自分は刺客としての使命を果たしたのだろうか。

そうらしいが、喜びなど湧いてこない。なぜだかわからないが、悲しみがこみあげてくる。

七十郎はうなだれた。言い知れぬ静寂が漂った。

豪右衛門たちの斬り合いにすっかり気を取られていた護衛の武士たちが、典膳の異変にようやく気づいた。

「ご家老様――」

真っ先に駆け寄った背の高い武士が、倒れている典膳を見て息を呑んだ。

「もはや事切れておられる」

うめくと、他の五人も続いて、

「なんということだ」

「われらは申し訳が立たんぞ」

と口ぐちに言った。背の高い武士が傍らに立つ七十郎に鋭く目を向けた。

「貴様、やはり刺客であったのか」

口惜しそうに言うと、鯉口を切った。

「此奴《こやつ》の首をとらねば、われらは国許へ戻れぬ」

他の武士たちも刀に手をかけて、七十郎を取り巻いた。それぞれが手早く羽織を脱ぎ、刀の柄袋を取った。油断の無い身ごなしだ。

六人は一斉に刀を抜き放った。

十五

どたばたと斬り合いの真似をしていた豪右衛門は、七十郎が取り巻かれているのにすぐに気づいて大声を上げた。

「いかん、七十郎が斬られるぞ」

千吉とお若、徳元もすでに承知していた。豪右衛門は刀を手にしたまま、七十郎のもとへ走った。千吉たちも後に続いた。

武士たちは油断なく七十郎ににじり寄っていく。

無腰《むごし》の七十郎は、なす術も無く立ちつくしていた。

弥之助は猿を抱えてうずくまっている。腕からの出血で顔から血の気が引いていた。

「待て、待てっ」

武士たちの横を素早く抜けて、豪右衛門たちは七十郎の前に立ちふさがった。

制する間もなく、突如、豪右衛門たちがなだれこんできたので、武士たちは目を瞠った。

「なんだ、貴様らは」

背の高い武士が苛立たしげに訊いた。

「この男を死なせるわけにはいかんのだ」

豪右衛門が言うと、お若は着物の前を合わせながら簪を抜いて構えた。

「そうだよ。七十郎さんを決して死なせはしないよ」

千吉も刀を構えて七十郎の前に立った。徳元はうずくまっている弥之助に駆け寄った。七十郎は困惑した。

「皆さん、わたしには構わないで逃げてください」

豪右衛門は何も言わず、倒れている典膳をちらりと見た。

「どうやら、七十郎殿は使命を果たせたらしいな」

徳元に血止めの布を巻いてもらいつつ、弥之助が言った。

「そうですよ、七十郎さんは見事にやんなすった」

背の高い武士は憤怒の表情を浮かべた。

「貴様らは、此奴の仲間だな。われらをご家老様から引き離すための芝居をしておったのか」

豪右衛門はにやりと笑って、

「その通りだ。ご家老殿はすでに事切れておられるご様子だ。お主らは刺客を斬らねば気がすまぬだろうが、すでに事は終わったのだぞ。死んだご家老殿に、いまさら忠義立てしてもお主たちのためにはならんのではないかな」

となだめるように言う。

「何を言うか。ご家老様を討たれて、おめおめ引き下がっては武士の面目が立たん。其奴《そやつ》もお前らも、ともにあの世に送ってやる」

小太りの武士が言うと、豪右衛門は顔をしかめた。

「せっかく理のあるところを説いておるのに、聞く耳を持たんのではいたしかたないのう」

腰を落として、豪右衛門は刀を正眼に構えた。

「わしらは、この男に大事なものを守ってもらった。それゆえ、この男には生きてもらわねばならんのだ。たとえわしらの命と引き替えにしてもな」

豪右衛門は本気で斬り合うつもりのようだ。

「おれも相手をしてやる。かかってきやがれ」

傍らで千吉も長脇差を振り上げた。河原の石を拾って投げる構えをした徳元が、武士たちを見まわした。

「坊主を殺せば、三代祟るぞ。それでも斬るのか」

「女だって殺したら、化けて出ますよ」

お若が言った。七十郎はあわてた。

「待ってください。わたしなんかのために、命を賭けないでください」

お若が微笑んだ。

「そうはいきませんよ。皆、七十郎さんのことを大切に思っているんです。命懸けで七十郎さんのために何かしたいんですよ」

四人が七十郎をかばうのを見て、背の高い武士はいまいましげに叫んだ。

「そろいもそろって、馬鹿者どもだ。其奴ともども斬り捨てたほうが世の中のためだ」

一歩、間合を詰めた。すると、

「ひと殺し。ひと殺しだ」

「誰か助けて――」

先ほどと同じようにおさとと五郎が大声を上げた。小太りの武士が苛立って、

「黙れ。われらは討たれたご家老様の仇討ちをするのだ。他の者は無礼討ちにいたすまでのこと。ひと殺しなどと言われる謂れはない」

と怒鳴った。押しとどめるように背の高い武士が言った。

「よさぬか。あのような者らを相手にする暇はない。ご家老様の仇を討つことのほうが先決だ」

そして他の武士たちに低い声で言った。

「奴を侮るな。ご家老様を討ったのだ。どのような隠し技を遣ってくるかわからん。油断すれば、命取りになるぞ」

武士たちはうなずいて、じわりと包囲網を縮めた。どの男も足下を確かめながら、じっくりと近づいてくる。

ゆらゆらと熱い日差しが中天から降り注ぎ、白刃が不気味に光った。

豪右衛門は額に汗を浮かべながら、千吉に囁いた。

「わしはあいつらの中に斬り込むぞ。お前は七十郎殿を連れて、みんなと逃げるんだ」

青ざめた顔で千吉は答えた。

「とんでもねえこった。豪右衛門さんひとりじゃ無理だ。おれも一緒に斬り込むから、逃げるのは徳元さんに頼んでくれ」

「そんなこと、拙僧にはできませんぞ」

あわてて徳元は頭を振った。

「ふたりでかかっても、こいつらはとてもかなう相手じゃない。みんなを逃がすには人手がいるんだ」

低い声で豪右衛門は言うと、じりっと前に出た。

斬り死にする覚悟をした顔だ。

「豪右衛門さん、ひとりでやるなんて駄目ですよ。みんなで一緒じゃなくちゃあ」

お若が言うと、徳元が両手に石を握りしめて声をかけた。

「死なばもろともですよ。一蓮托生、皆でそろってあの世に行けばいいではないですかな」

うずくまっていた弥之助が、

「そうです。せっかくいままで一緒にやってきたんだ。ここで離れ離れになっちゃあ、さびし過ぎるというもんだ」

と言いながら立ち上がった。この十年、四人にとって、豪右衛門は生きる支えになってくれた男なのだ。

　振り向かずに豪右衛門は笑った。

「お前らの道連れになるのはごめんだ。先に行かせてくれ」

　さらに前に出ようとした豪右衛門の腕を、七十郎が押さえた。七十郎は顔色が落ち着き、目に輝きが戻っていた。

「わたしが行きます」

　豪右衛門は激しく頭を振った。

「駄目だ。皆、お主を助けるために命を賭けておるのだぞ」

　七十郎は微笑んだ。

「いま、皆さんが助け合おうとしているのを見て、やっと本物の勇気というものがわかりました。大切なひとを守ろうと思えば怖いものはありません」

「しかし、お主、刀も持たずにどうするつもりだ」

「斬られるだけです。わたしが斬られたら、皆逃げてください。あのひとたちも、わたしを斬りさえすれば、逃げる者を追いはしないでしょう」

　言い終えると、七十郎は豪右衛門を押しのけて前に出た。背の高い武士がにやりと笑った。

「いかにもそうだ。わざわざ他の者まで斬る必要はないが、貴様によくその覚悟ができたものだな」

七十郎は答えた。

「わたしは臆病者かもしれませんが、それでもひとを守ることを知っています」

お若が顔を両手でおおった。

七十郎は言葉を続けた。

「ご家老はおのれの都合だけを考えたひとでした。わたしはそのように生きたくはありません。ご家老を討ったのも、ご家老によって苦しめられているひとたちの命を救いたいと思ったからです。あなた方がわたしを斬るのは、誰のためなのですか」

「何を生意気な――」

武士のひとりがうめいた。他の武士たちも顔を見合わせた。七十郎はさらに一歩、前に踏み出した。

武士たちは気圧されたかのように後退りする。

七十郎は静かに口を開いた。

「これが藩で一番の臆病者の戦い方なのです」

「小癪なことを」

背の高い武士は、うめくと刀を上段に構えた。地面を蹴って七十郎に駆け寄る。

「死ねっ」

七十郎は目を閉じた。死を覚悟した。

不思議に恐れはなかった。温かいものが胸を満たしていた。ひとを思うやさしさを持つことができれば強くなれるのだ、と七十郎は思った。

――七十郎さん
お若が悲鳴を上げた。

「待てっ」

その時、男の声が響いた。斬りかかろうとした武士の動きが止まった。ひとりの武士が近づいてくる。

威厳のある初老の武士だった。

「待て。斬ってはならぬぞ」

初老の武士は睨みつけた。背の高い武士は愕然とした。

「倉田様――」

綾瀬藩江戸屋敷詰の側用人、倉田文左衛門だった。

「一部始終を見ておったぞ。そなたら、その者を討とうとしておるようだが、それはならぬ」

文左衛門がきっぱり言うと、背の高い武士が詰め寄った。

「御側用人様のお言葉とも思えませぬ。此奴はご家老様を殺めたのですぞ」

「ならばこそだ。甘利典膳が不正に蓄財をしておったことを、殿はご存じでおられる。わしは殿の命により、典膳に腹を切らせるため国許に戻るところだ。わしが見ておる前で典膳を討った以上、上意討ちということになる」

文左衛門の言葉に武士たちは顔を見合わせた。

典膳の護衛の任を果たせなかった失策は隠しようがないが、上意討ちにあったということになれば、責任は問われないですむ。

武士たちは一斉に刀を納め、文左衛門の前に片膝をついて控えた。背の高い武士が、

「われらは倉田様の仰せに従います」

と低頭した。首肯《しゅこう》して、文左衛門は七十郎に近づいた。

「そなた、増田惣右衛門が放った刺客であると申したのはまことか?」

七十郎も膝をついて頭を下げた。

「さようでございます。ご家老がお戻りになれば、上宮寺党の方々が切腹させられます。それを防ぐよう命じられました」

　文左衛門は七十郎を見据えて、

「それにしても、そなたのような男を刺客に仕立てるとは、惣右衛門め、相変わらず腹黒いことだ」

　とつぶやいた。怪訝そうに七十郎が顔を上げると、

「わからぬか。惣右衛門のまことの狙いが」

「どういうことでございましょうか」

「惣右衛門は、そなたが典膳を討てるとは思っていなかったであろう。いや、むしろ、そなたが典膳を討ったと聞けば苦い顔をするであろうな」

「まさか、そのような。信じられませぬ」

　七十郎は頭を振った。

「惣右衛門は、永年自分の派閥を持って政事を行いたいと思っておった。しかし、惣右衛門になびかぬ若い者たちは、勝手に藩に建白書を出して上宮寺に立て籠もった。惣右衛門にとって、上宮寺党は派閥を抜けた者たちだ。処分してしまわなければ派閥を保つことができなかった」

そこまで聞いて、七十郎ははっとした。

確かに上宮寺に立て籠もると決めた若侍たちが口にしていたのは、典膳への批判とともに惣右衛門を軽んじての罵言《ばげん》だった。

稲垣派を引き継いだとはいえ、藩内での影響力を駆使できるような立場を、惣右衛門は得てはいなかった。

「惣右衛門にとって、典膳が上宮寺党を切腹させることは、もっけの幸いというものであったろう。派閥から抜けた者を始末してくれるのだからな」

七十郎はがくりと肩を落とした。

「なまじ腕が立つ者をやっては、典膳を討ち取ってしまうかもしれぬ恐れがあった。そなたなら、万が一にもそんなことにはなるまい、と惣右衛門は思ったのだ」

「そうだったのですか」

あの老人はそんなことを考えていたのか、と憤りを通り越して、七十郎は虚しい気持になっていた。

「これが政事の裏というものだ。まことに汚いものだ。それゆえ、わしはお役目大事で関わらぬようにしてきたのだが」

文左衛門は言い添えた。

「そなたが手柄を立てたと思って国許へ戻れば、どのような目にあうかわからんのだ。また利用され、あげくの果てに捨てられることになる。そのことを胆に銘じて用心いたせ」

七十郎がうつむくと、文左衛門は立ち上がって、

「いつまで典膳を放っておくつもりだ。さっさと近くの寺へでも運べ。後のことは追って沙汰する」

と、よく通る声で武士たちに指示した。

武士たちは、あわてて戸板を探しに行った。ひとりは近くの寺を訊くため川会所の役人のもとへ走った。

しばらくして川会所の役人が恐る恐るやってきた。文左衛門は歩み寄って役人に姓名を名乗り、

「わけあって、かくなる次第になり申した。騒がせてすまぬが、わが藩内のことでござれば詮議は無用に願いたい」

と丁重に言った。役人は恐れ入った様子で頭を下げた。やがて戸板を持って武士たちが戻ってくると、文左衛門は、

「その方らは寺に典膳を運べ。わしは上野藩の役人に届けをいたしておく。これは、あくまでわが藩の上意討ちであるぞ。そのことを忘れるな」

と厳しく言い渡した。

「さように仕ります」

武士たちは文左衛門に頭を下げると、典膳の遺骸を乗せた戸板を抱えて去った。

文左衛門はその様子を見ながらつぶやいた。

「惣右衛門は古狸だが、恨むでないぞ」

七十郎は訝って文左衛門の横顔を見た。

「あの男はあの男なりに藩の行く末を案じておったのであろう」

文左衛門の声には真情がこもっていた。

「それに、そなたは刺客を命じられて骨折りしたことであろうが、得難いものも得たのではないか」

「と申されますと？」

七十郎が首をかしげると、文左衛門は豪右衛門たちに目を向けた。

「そなた、あの者たちとどのように知り合《お》うたのだ」

「木賃宿で泊まり合わせたのです」

「それだけの縁か」

文左衛門は微笑んだ。七十郎は困り顔で答えた。

「いえ、実にあれこれございまして、助け合うて参りました」

とても一口では説明できないほど、本当にいろいろなことがあった。いまや汐井宿に来てからの日々は、七十郎にとってかけがえのないものになっていた。

「そうか、身をもって得たものこそが、そなたにとって大切なものとなろう」

「そうかもしれませせぬ」

「大切にせねばならぬ者のことを何と呼ぶか存じておるか」

七十郎は頭を振った。

「わかりませせぬ。お教えください」

「友だ――」

そう言い残すと、文左衛門は土手へ向かって歩き出した。

十六

七十郎は黙って文左衛門を見送った。文左衛門から聞いた話があまりにも意外で驚いていた。

だが、大切にせねばならぬのは、

――友だ

と文左衛門は言い残して去っていった。

惣右衛門に、文左衛門が最後になって助け船を出した理由もわかる気がした。

(倉田様は増田様の友だったのだ)

ひとびとが渡っていく川を七十郎は見つめた。

(生きていくうえで、誰もが大きな川を渡ろうとしている。しかし、渡ることができない者や、渡ることさえ許されないひとが大勢いるのだ)

自分はどうであろう。

刺客となって川を渡ることができたのだろうか。それとも、まだ渡れずに川岸に立ったままなのだろうか。

不意に涙が込みあげてきた。

佐野又四郎、甘利典膳と、ふたりの男を手にかけてしまったうえに、まだ川を渡ることさえできていないとしたら、自分は何とも情けない男ではないか。

そう思った時、文左衛門が言い残した言葉が、胸に重く響いていた。

(わたしは川を渡らなかったかもしれないが、友を得ることができた)

七十郎が斬られそうになった時、豪右衛門たちは白刃の前に恐れることなく立ちはだかってくれた。

自分も豪右衛門たちを守るために、命を捨てることに少しのためらいもなかったではないか。

(川を渡るというのはそういうことだったのだ)

おさとと五郎が駆け寄ってきた。

「七十郎さん、わたしたち、もう行きますね」

おさとがさびしげに言った。後方を見ると、佐次右衛門が、泊まり合わせた百姓の女たちに支えられて河原に下りてきていた。

布にくるんだ観音菩薩像をしっかりと抱えている。いまから輦台に乗るのだろう。

七十郎はほっとした表情で言った。

「ようやく崇厳寺村に戻れるのですね」

「お祖父ちゃんは観音菩薩像を売ったお金で村を立て直すって言っています」

おさとは嬉しげだった。

「佐次右衛門さんはきっとやり遂げられます。崇厳寺村は昔通りになることでしょう」

跳ねるように五郎が言った。

「そうなったら、七十郎さんも村に来てよ」

「行けたらいいな」

七十郎はつぶやいた。

「きっと来て。そしたらお祖父ちゃんがおいしいものをご馳走するって言ってる」

「そうか。それは嬉しいな」

佐次右衛門が再建する崇厳寺村を見てみたいと思った。その時、豪右衛門は寺子屋の師匠に戻り、お若たちも村で暮らしているだろうか。

そうであって欲しいと思った。

「七十郎さん、きっと来てくださいね。待っていますから」

おさとは七十郎の目を真っ直ぐ見て言った。気恥ずかしくなった七十郎は、頭に手をやって答えた。

「いつか、行けることがあれば必ず参ります」

褌ひとつの川越人足が、大声でおさとに呼びかけた。

「おーい、早く乗らないと、次のひとを先にするぞ」

「もう、行かなければ……」

おさとは名残惜しそうに何度も振り返りながら、佐次右衛門のもとに走って行った。五郎が笑顔で手を振った。

七十郎も笑みを返した。

おさとは佐次右衛門、五郎とともに輦台に乗った。川越人足がかついで川に入った時、振り向いたおさとの顔は明るく輝いていた。

七十郎は大きく手を振った。

後ろから豪右衛門が、ごほん、と咳払いをして、

「いよいよお別れだな」

と言った。振り向いた七十郎は豪右衛門の姿に目を丸くした。豪右衛門は初めて会った時と同じ褌姿になっていた。

「どうしたのですか。その恰好は」

「これか。わしらは宿賃を払ったら一文無しだ。泳いで渡るしかないのでな」

「渡し賃なら、わたしが何とかします」

懐から七十郎が財布を出そうとすると、豪右衛門はちらりと財布を見たものの、あわてて頭を振った。

「いやいや、大丈夫だ。わしらは川筋育ちで、この川は子供のころから泳いでおる。皆、魚なみに達者だから心配するな」

見ればいつの間にか他の者たちはすでに川に入っていた。どこから運んできたのか、丸太を組み合わせて小さな筏《いかだ》のようなものを作って川に浮かべている。その上に着物や刀、それに猿まで乗っていた。猿はきょとんとした顔で七十郎の方を見ている。

千吉と徳元が綱で筏を引っ張り、腕に傷を負った弥之助は筏につかまってついていく。川の深いあたりを渡っているらしく、お若は、水面から白い肩だけ出している。

「泳いで渡るのを川会所の役人に見つかるとうるさい。川越人足どもも泳いで渡る者には嫌がらせをするゆえ、見つかる前にもう行くぞ」

豪右衛門は七十郎の肩を叩くと、そのまま川に入っていった。

七十郎は急にさびしくなった。五人とこのまま別れるのが辛い気がして川岸に駆けた。

「皆さん、お達者で」

川を泳いでいる五人に向かって、大声で叫んだ。豪右衛門たちは振り向き、笑って手を振った。日差しを受けてきらめく川面に浮かぶ五人は、生き生きとした顔をしていた。

(皆と笑顔で別れることができて本当によかった)

そう思う一方で、それだけでは埋められない切なさが胸を締め付けてくる。目が知らぬ間にお若に吸い寄せられていた。

言うべき言葉があったのではないか。訊いておきたかったことがあったのではないか。

そんな気がする。もう二度とお若に会うことはないかもしれない。

その時、お若が水中に沈んだかと思うと、魚のように川面に跳ね上がった。赤い腰巻だけを身につけたお若の体が、陽光に白く輝いた。

――七十郎さーん
とお若が手を振った。肌がまぶしいほどきらめいて見える。

「きれいだ――」

七十郎はため息をついた。

お若たちが泳いでいくのを立ちつくして見送った七十郎は、やがて踵を返した。

国許に戻って、増田惣右衛門に甘利典膳を討ったことを報告しなければならない。

惣右衛門は恩賞の話を持ち出すだろうが、倉田文左衛門の忠告通り、そんなものは受け取らないほうがいいのだろう。

美祢の顔が浮かんだが、婿入りをして五百石の稲垣家を継ぐ気はなかった。

典膳が亡くなったことで上宮寺党は救われる。美祢は桜井市之進と結ばれることになるだろう。市之進は稲垣家を継ぎ、やがて藩政を担う家老職に就くかもしれない。

美祢はそんな市之進の妻として、はなやかな生涯を送るほうが似合っている。

(それが美祢様にとって一番幸せな道なのだ)

甘利典膳が非業の死を遂げたことで、しばらくは藩内の派閥争いは沈静化するだろう。

典膳を討つという大役を果たしたことなど、すぐに周囲の者から忘れ去られ、七十郎は藩の片隅で静かに生きていくことになる。

自分には、そういう生き方がふさわしい。

甘利典膳のように何者かになろうとするのではなく、あるがままの自分を生きていくのがいい。

(藩で一番の臆病者。それでいいではないか)

七十郎は歩き出した。

すると、川面を跳ねたお若の姿が脳裏に浮かんで胸が熱くなった。うっとりするような美しさだったと思い返した時、はっとした。

(しまった。わたしは見てしまったのだ)

妻を娶るまで女人の肌は見ないと、お若に言ってしまった。すると、肌を見たということは、お若を妻にするということになるのではないか。

（そうだ。そうしなければならぬ。わたしは見てしまったのだから）

いったん国許に戻ったうえで、川を渡り、お若を迎えに行かなければならない。

（そういうものだ、とお若さんに言ってしまったのだからな。やむを得ぬ）

七十郎は歩きながらひとり、うなずいた。土手に上ると雲雀《ひばり》の鳴き声が空高く聞こえてきた。

七十郎は、顔に笑みを浮かべ、遠く青々とした山並みへ向かって足を踏み出した。

新しいヒーローの誕生

島内景二（文芸評論家）

何度、泣いたことか。何度、笑ったことか。そして、何度、泣き笑いしたことか。泣くにつけて、笑うにつけて、胸が激しく締め付けられる。古語の「かなし」は、漢字では「悲し」とも「愛し」とも書く。葉室麟の『川あかり』は、まさに「かなし」という心情語がぴったりの、心に強く迫る小説である。それでいて、愉しく読める。読後感は、タイトルそのままに明るい。

だから、『川あかり』は、読者にとって忘れられない小説となる。

藩の中で最も臆病な武士であると、自他共に認める伊東七十郎が、内紛による藩の大混乱の中で、あろうことか「刺客」の役目を引き受けさせられる。状況に流されるだけの彼の生き方が、悲しい。

しかも、七十郎が刺客に仕立て上げられた理由の一つは、美祢《みね》という、いささか高慢な美女への片思いだった。刺客という、失敗する確率の高い、損な役目を引き受けた彼の心根が、切なくて悲しい。

　その七十郎は、刺客として強敵と立ち向かう前に、さまざまな人々と出会った。彼らは、七十郎が刺客にならずに済んだのならば、出会えなかった人々である。彼らは、皆が悲しい過去を引きずっていた。

　ところが、悲しい男である伊東七十郎と、悲しい定めの人々の心が交わって、いとおしくも「愛《かな》しい」日々が出現した。そのことが、七十郎に武士として生きる意味を教えてくれた。葉室麟は、七十郎が抱いた感動をそのまま、読者に手渡す。読者の人生も、愛しい人生へと変貌することを願って。

　だからこそ、葉室麟の『川あかり』は、現代人を勇気づける、珠玉のような快作となった。わが書斎では、『川あかり』と『銀漢の賦』の二冊が、一番手を伸ばしやすい場所に置かれている。生活に疲れた時、ふと気づくと、『川あかり』を手に取っている。そして、お気に入りの「泣きながら笑える」名場面を、読み始めている。それは、どことなく黒澤映画の楽しみ方とも似ている。キャラ立ちした登場人物たちが入り乱れ、心と心が通い合う「かけがえのない時間」を読者も共有することができる。

　最初のうちは、むろん黙読である。だが途中から、むしょうに声に出して読みたくなる。映画のナレーターになったつもりで、『川あかり』の名文を音読し始めると、笑いがこみ上げてきて、何度も吹き出す。それがいつしか、涙声に変わる。涙腺がウルウルしてくると同時に、鼻の奥がツーンと熱くなって、むずがゆくなる。この感覚が、堪らない。これが、葉室文学の醍醐味である。

それでは、このような葉室文学の愉楽と喜悦は、どのようにして生まれてくるのだろうか。改めて、『川あかり』の世界をたどってみよう。この小説は、伊東七十郎という青年が巨勢川《こせがわ》を前にして、途方に暮れている場面から始まる。「川止め」である。江戸時代には、大井川《おおいがわ》のように橋の架かっていない川は、増水すると渡河が禁じられた。ただし、この小説は架空の藩が舞台である。だから、読者である現代人の目の前を流れている川が「巨勢川」であってもよいわけである。

この青年こそが、我らの主人公・伊東七十郎である。生きることの「かなしさ」のシンボルである彼は、川を渡れない男として登場する。彼は、人生の大きな節目を通過できないで、躊躇している。大人になれない「モラトリアム人間」なのだ。

その姿は、芥川龍之介の『杜子春』の主人公とも重なる。杜子春は、洛陽の門の下でぼんやりたたずんでいた。杜子春もまた、大人への門をくぐりあぐねているモラトリアム人間だった。すると、杜子春の前に鉄冠子という仙人が現れる。彼は、杜子春を峨眉山の頂へ連れてゆき、大人となるための試練を与えた。杜子春は、山奥で「大人＝真人間」へと成長した。

　この『杜子春』と『川あかり』とを比較してみよう。伊東七十郎は、山ではなく、川のほとりで試練を受ける。山と川という舞台は対照的だが、大人になるための試練という点では、共通している。七十郎の前に現れたのは、ぼろぼろの半纏をひっかけた、達磨のような顔の男だった。この、佐々豪右衛門《さっさごうえもん》と名乗る男は、はたして鉄冠子のような老賢人なのか。それとも、同じ芥川龍之介作の『羅生門』に登場する老婆のような悪人なのか。

　豪右衛門に案内されて、七十郎は川止めが解除される「川明け」まで、むさ苦しい宿の二階で過ごすことになる。そして、徳元という僧、弥之助という猿廻し、お若という門付けの鳥追い、遊び人の千吉という、一癖も二癖もある連中と相部屋となる。同じ宿の一階では、洪水で壊滅的被害を受けた村の復興を志す佐次右衛門や、その孫の「おさと」と五郎がいた。いわくありげな彼らは、一体何者なのか。

七十郎は、彼らと共同生活を送りながら、川明けを待つ。川明けの暁に待っているのは、刺客としての命がけの戦いである。彼は、豪右衛門たちと共に過ごすことで、これまで生きてきた自分の人生を客観的に見る目を獲得する。そして、自分が戦う「究極の敵＝ラスボス」を発見した。すなわち、七十郎はモラトリアム状態を脱したのだ。

思うに、伊東七十郎という彼の名前が、藩政の内紛という嵐を呼び込んだのではないだろうか。歴史小説のファンは、「伊東七十郎」という名前を見た瞬間に、ピンときたかもしれない。仙台藩の伊達騒動に登場する、実在した義士と同じ名前だからだ。

山本周五郎の名作『樅の木は残った』にも登場する「伊東七十郎」は、あの原田甲斐とも親しかった。だが、藩を私物化しようとした伊達兵部の暗殺に失敗して斬首される。私は、『川あかり』の冒頭の「伊東七十郎《しちじゅうろう》は、川面が見渡せる土手へ上った」という一文を読んだ瞬間に、不吉な匂いを嗅いだ。何せ、名前が名前だからである。

そして、思った。葉室麟の『川あかり』は、『樅の木は残った』で描かれた武士道へのオマージュなのではないか、と。葉室はいずれ、きっと『樅の木は残った』を上回る畢生の大作を書くだろう。そのために、着々と布石を打っている。伊東七十郎が活躍する『川あかり』は、その一環なのだ。

ちなみに、名前に既視感があるという点では、七十郎のあこがれのマドンナである美祢も、そうだ。彼女は、夏目漱石の青春小説『三四郎』で、小川三四郎の心を翻弄した「美禰子《みねこ》」を連想させる。

美しいけれども心の固い美祢が、七十郎の真の姿を知って態度を改めるくだりは、『三四郎』の美禰子よりも、好感が持てる。『川あかり』を読みながら、私の頭の中の別の領域では、『こころ』の三四郎が美禰子と結ばれたら、などという想像が芽生え、二つの作品が並行して進んでゆく。

それが、実に楽しい。だから葉室文学は、若者も大人も楽しめる。もしかしたら、『川あかり』のキーワードは「重ね」なのかもしれない。豪右衛門たちには、表の顔と裏の顔とが、あった。伊東七十郎にも、「藩で一番の臆病者」という弱さと、武士として生きることの矜持を自覚する強さとが、同居している。

すべてが終わった後で、七十郎は、「川を渡るというのはそういうことだったのだ」と、しみじみ思う。七十郎は友を思いやり、友もまた七十郎を思いやる。気がつけば、皆が人生という大きな川を渡りおえていた。七十郎の命が友の命と交わり、友の命が七十郎の命と重なり、一つに溶け合って、奇跡が起きた。

大人になるとは、そして心が成熟するとは、青少年期の弱さを捨て去ることではない。子どもの純粋さを保ったままで、大人の世界に入ってゆくこと。それが大人になることであり、真っ当な武士となることなのだ。七十郎は、弱さと強さが重なった「正しい人生＝愛しい人生」を自分のものとした。

「重ね」と言えば、この小説のタイトル自体も懸詞《かけことば》である。一つは、川止めが解除されて、渡河が許されるようになるという意味の「川明け」。もう一つが、「日が暮れて、あたりが暗くなっても川は白く輝いている」という意味の「川あかり」。

川明けの直前に、七十郎に向かって「おさと」が語る。

「お祖父ちゃんがよく言うのです。日が落ちてあたりが暗くなっても、川面だけが白く輝いているのを見ると、元気になれる。なんにもいいことがなくっても、ひとの心には光が残っていると思えるからって」

「川あかり」は、希望の光である。そして、大人になるとは、川を渡るとは、自分が川あかりから勇気をもらうのではなく、自分自身が川あかりとなって、他の人々に勇気を与える側に回ることなのだ。

勇気をもらうことと、勇気を与えることとは、同じことである。二つのことは重なっている。その実感を、七十郎は戦いを通して、自分のものとした。

伊東七十郎は、新しいタイプの快男児である。なぜならば、弱さが強さでもあることを知っているからである。だからこそ、彼の生き方は、人生に対して自信と希望を失いかけている現代人にとっての「川あかり」たりうるのだ。

豪右衛門が、七十郎に語った言葉がある。

「わしは、この宿に来てからのお主を見てきた。お主は臆病で武芸も下手だ。しかし、武士の心得を間違ってはおらぬではないか」

この言葉を読むと、たとえ臆病でも、勉強ができなくても、スポーツが苦手でも、仕事がてきぱきとこなせなくても、「人間としての心得」を間違っていなければ、「川あかり＝世界の希望」になりうるのだと思えてくる。

この小説に引き込まれた読者は、いつの間にか、時代劇の映画監督になったつもりで、「この人物は、誰それが演じたら適任だ」などと配役を考えて、悦に入るのではないか。そして、はっと気づいた時には、それらの俳優陣に囲まれた「自分＝伊東七十郎」の幸福な姿を夢見ていたことに気づく。読者の人生は、伊東七十郎の人生とぴったり重なる。

読者も明日からは伊東七十郎のように、豊かな人間関係を作ってゆける。いや自然と、人間関係は自分の周りに形成されてゆく。なぜならあなたは、『川あかり』を読んだのだから。そして、人生の悲しさや愛しさを知ったのだから。

本作品は二〇一一年一月、小社より単行本刊行されました。

双葉文庫

は-25-01

川《かわ》あかり

2014年2月15日　第1刷発行
2014年2月25日　第2刷発行

【著者】
葉室麟《はむろりん》

【発行者】
赤坂了生

【発行所】
株式会社双葉社
〒162-8540 東京都新宿区東五軒町3番28号
［電話］03-5261-4818(営業)　03-5261-4840(編集)
www.futabasha.co.jp
(双葉社の書籍・コミックが買えます)

【印刷所】
大日本印刷株式会社

【製本所】
株式会社宮本製本所

【CTP】
株式会社ビーワークス

【表紙・扉絵】南伸坊
【フォーマット・デザイン】日下潤一
【フォーマットデジタル印字】恒和プロセス

落丁・乱丁の場合は送料双葉社負担でお取り替えいたします。
「製作部」宛にお送りください。
ただし、古書店で購入したものについてはお取り替えできません。
［電話］03-5261-4822(製作部)

ISBN978-4-575-66652-6 C0193
Printed in Japan

双葉文庫　好評既刊

浮雲十四郎斬日記
仇討ち街道

鳥羽亮

直心影流の遣い手である御家人・雲井十四郎はその腕を買われ、男装の女剣士・清乃の仇討ちの助太刀をすることになる。〝岩砕きの剣〟に斃れた清乃の兄は、陸奥国・岡部藩の軒目付組頭で、藩の重臣と廻船問屋・大越屋の不正を探っていたらしい。江戸を離れた敵《かたき》を追って、十四郎らは日光街道を北上する。

双葉文庫　定価六二〇円

双葉文庫　好評既刊

紀之屋玉吉残夢録
あばれ幇間

水田勁

かつて御家人として剣の道に生きていた玉吉は、今は幇間として裸踊りで座敷を沸かす日々を送っている。ある日、己の過去を知る人物から呼び出され、江戸を荒らす押し込みについて調べることになる。やがて玉吉は裏で糸を引く存在とさらに大きな陰謀に気づくが……。心優しき深川の幇間が颯爽と悪を討つ、痛快時代小説第一弾！

双葉文庫　定価六五〇円